大蔵事務官

藤崎巧二

本書は昭和三十六年六月発行
『逆らう奴』（峯川詠著、浪速書房発行）
を改題、加筆したものです。

大蔵事務官　藤崎巧二　目次

第一章　大蔵事務官　藤崎巧二

競馬場への道は、かなりの樹齢と思われる幹、幹、幹にはさまれていた。その緑のブラインドの陰に、自動車が隙間なく縦列をつくって並んでいる。

ここには、あらゆる人間がくる。退屈しているサラリーマン。明日、決済しなければならない約束手形の金策にここ数日、追いまくられ、疲れ果てた男。（儲けて来てやる）と、友達から小遣を巻上げてきた学生、そして女。その間をすり抜けるように出馬表をまるめて持つ男が急ぐ。のんびり歩いていた男が軽く突飛ばされた。

不意をつかれ、その男の腰がよろめいた。が、隣にいた女の手でかろうじて支えられる。

「頼りないのね」

女は蔑むような口振りでいった。

「これで頼り甲斐があったら、身がもたないものな」

と、すかさず切返した男。彼は、税務官吏である。——大蔵事務官、藤崎巧二、とある。彼のポケットに突込んである名刺から、彼を想像出来ないだろう。ネクタイの色と背広の配色にまで官吏というくさみのしみている紳士。いや、違う。黄色の地に赤と黒のチェックというスポーツシャツがよく似合う。尻のポケットから小型算盤の頭がのぞいていた。

二人は、並んでゲートをくぐった。

男と女。ちょうど——行きずりのふとした拍子で、平行し足が揃った。とでもいうように、この二人が肩を並べて歩いたところで、別に不思議はなかろう。

この時、痩せた若い紳士が、しきりに意味ありげな視線をこの二人になげながら追越していった。眼鏡のふちに指をかけて振向いた姿が、何と、気障っぽくて嫌らしい。

「ほう！　それほど、睫の長い眼にねえ！　惹かれるものかい」

巧二は、軽い嫉妬に、心電図のように慄えていた気持がいきなり歪んだ。

「なあーに、この乙に澄ました顔は？」

と、微かに唇を慄わし、巧二を野暮な男だとばかりに、時折、彼の瞬きの一つまで見逃がすまいと横眼で窺いながら、隣を歩く女は？

名前を此村美咲という。二十二歳だが、母娘二人暮しという生活環境のせいか、念入りなメイキャップのためか判らないが、とにかく年齢より老けてみえる。

のんびり歩きながらも巧二は、美咲と自分が交際するために互いに抱く心の負担まで数字に変え、並べてみるというバランスシートを損益という計算をしきりに考えていた。彼女もそうだろうと巧二は決めながら口数の途切れがちな美咲の気配を窺っていた。

東京競馬（第三次）

六日目。

黒星続きの気象台の予報が狂ったところで気に留める必要はない。しかし、よく晴れた日曜日の午後の直射光が、つい（雨）という予報を思い出させる。

一時二十分――発馬。第五レースの穴場締切の予鈴《よれい》が芝生に跳ね返るように鳴った。

その芝生には、馬券に泳がされる夫の父親の行方を気にしない顔で、その家族達が包みを拡げ、ジュース、フルーツをとりだしていた。

と、いきなり巧二は振り返って穴場を見る。ごった返す人波が穴場を取巻いていた。

巧二は、美咲の眼にうながされスタンドに向かうその気忙しい雰囲気に呑まれたように、砂利に足をとられた。

剽軽《ひょうきん》な顔で笑ってしまった美咲が、思い出したようにすぐ真顔に唇を締める。

「さ、行きましょう」と、巧二の手を引いた。

砂利の表面は、昨日の雨をすっかり忘れてしまったように渇いていた。

〝東京杯を賭ける二四〇〇〟

巧二は、『競馬研究』を拡げ見出しを読む。それからが判らない。

「馬ナリとはどういう意味？」

巧二は美咲にぽつりと訊く。

「知らないわ」

「一杯。上り強目《つよめ》とは？」

「知らないのよ」

美咲は、巧二の耳もとに顔を寄せ、低い声で、しかし、突き刺すようにいった。

二人とも、競馬というものに素人過ぎるようだった。何故？　二人はここに来たのだろう。

「君もかい、人を誘っておきながら、ほっ、これはご機嫌だ」

美咲が巧二を誘った理由。それは、彼が税務官吏というためだろうか。巧二には思い当る節はなかった。

「でもね、馬鹿にしたものでもないのよ。この私は競馬で損をしたことはないんだから、つまりね、競馬というものはね、連勝式馬券に百円券と、千円の特券があるとだけ知っていればいいの」

美咲は顎を突き出していった。

この時、二人の前を横切った男が、この話を小耳にはさんで、赤鉛筆をなめながら、卑屈に笑った。しかし、そうもしていられないのだろう、舌打ちして慌て気味に最後の五分の迷いに白眼をむいて走り去った。夜通し計算した出場馬の換算タイムの記してあるメモを落としていった。

「儲けさせてくれると言ってたけど、少し頼りないな」

巧二は呟いた。

「大丈夫よ。まかせなさい！　私はね、運のいい女なの、それにツキも回って来ているんだわ。私と一緒にきて損をした人はないのよ。本当だから……そう、信じないのね。だめ、だめ。信じなければいけないわ」

美咲はおどけるように胸を叩いて言った。その芝居気な様子に、巧二はむらむらと反発する言葉が湧いた。が……

「旦那」

不意に背後からの嗄《しわが》れた声に押えられた巧二は、そこに老人をみた。膝の抜けたズボンの塵を控目に払っているのが、哀れを誘う。

「……」

「ご忠告する柄ではありませんがねえ、お気をつけなすって……くれぐれも女には……」

咽喉の奥から出てくる、錆びた鑢《やすり》でこする声音で絡むようにいって喉仏を動かした。

「女に？」

「そうです」

「余計なお世話さ」

巧二は、相手にならないようにいった。瞬間、巧二は、隣にいた筈の美咲の姿を見失っていた。

「女はあっちへ……」

と、老人はスタンドを指した。

「……」

「じきに戻ってきますよ、苛々しないで待っていればね。しかし、この勝負はどっちのものやらフフフッ」

老人の言いようはちぐはぐだった。

「爺さんの出る幕かい！」

巧二は、いきなり、眉を慄わせて怒鳴った。その勢いに、老人は押されるようにじりっ、じりっと後退りしていく。どうして、これほどまでに立ち入ってくるのだろう。という疑いと、その不自然さを感じさせる余裕がないほど、巧二は興奮していたのだ。

堤防を切った濁流が押し寄せるように、スタンドから人の波が氾濫してくる。その人混みに老人は呑まれて消えた。

その時――。

巧二は美咲の姿を見つけほっとした。男、女、男、男、男の間をすり抜けてくる。激流を遡る鯉を思い浮かべた。

「判ったわ。八レースですって急がなくちゃ。次のレースよ。そして二・一ですって」

と、美咲は柔らかい指先でV字を描きながら、巧二の顔に彼女の匂いを吹きかけた。

赤いチェックが斜めに走る柄の巧二のポケットに、美咲の指が飛込む。素早い仕種だった。千円札を五枚ほどねじこんできたのだ。

はすっぱなウインク。それは、二・一を買う金よという合図らしい。

「すると、君の……？」

「心配のいらないお金よ」

巧二の眼は、美咲の胸にあった真珠のネックレスが消えているのを見てとっていた。彼は、それを好意とは感じたくなかった。

「グズね、早く、早く、穴場へ行きましょうよ。ああ、苛つくわ、このレースじゃなくって」

美咲はいじいじしはじめていた。

「悪いけど、しばらく独りにしておいてくれないか」

巧二は、そのまま、穴場の人気を睨みつづけていた。

巧二は、二・一の馬券のことで迷っていたのではない。その連番がくるとかこないとかということでもない。巧二は、美咲の親切過ぎる動きに納得がいかないのだ。

「どうも仕組まれた落し穴のような気がしてならない」

巧二は口の中で言った。

「早く」

美咲が甲高く言った声に、巧二は憑かれたように穴場へ走った。そして、はじめて興奮に駆られた笑顔を美咲に投げつける。

その時、巧二ははじめて気がついた。◎、○、×、△のしるしのない連番だった。

その人気は淋しかった。いきなり、巧二は二・一の馬券が気になった。迷って悔んでいるのではない。が、妙な感覚で巧二に迫ってくるものがあった。巧二の手には、二・一の特券が二枚、汗ばんで握られていた。

「旦那は」

また、あの嫌な声を聞いた。しかし、巧二は、その声を空虚に聞き流して、競馬の勝負という雰囲気に、やがて溶けこんでいった。

ガラス越しに女の顔が並んでいる穴場の内部に鋭い視線を投げている巧二に、執拗に話しかけてくる。

「……は、N税務署の方なんでしょう。悪いことは言わない。おやめなさい。今日は、まあ、このくらいで消えてあげますがね、私のことをよっく憶えておいて下さいよ」

と、老人はいった。

「なんだって？」

巧二は、反射するように聞き返す言葉を呑みこんだ。

老人の言った通り。藤崎巧二は、この四月の大異動でN署の法人課に転勤してきたばかりだった。

その日（十四日付の辞令で初出勤の日）巧二は、しきりに騒ぐ胸の中の感情の苛立ちを殺しながら、変りばえのしないN署の前に立った。

窓の少ない鉄筋コンクリートの表面が、汚れくすんでいるのが癪にさわった。巧二は眼を瞑って飛び込んだ。

法人課は、二階へという矢印をみるなり一気に駈け昇る。

そこで、彼は、一わたり見回し課長を探す。もちろん、すぐその眼は止まった。灰色の窓を背に法人課長は、爪を磨いている最中だった。

転勤が、三度目という巧二は、もうN署の空気に馴みはじめていた。同時に、心組みも決まり、自分にも判らなかった蟠《わだかま》りは体から抜け、平静に戻っていった。

巧二は、そっと課長の机の前に立った。

薄紙に印刷された辞令が、彼の尻ポケットで汗を吸っている。巧二は、よれよれになった四つ折りの紙片を、破れないようにそっと拡げた。

課長は、指先をなめるように鑢《やすり》を使い、口を尖らせふっと吹く。やがて、眼鏡の奥で剃刀の刃のような細い眼が、机の辞令を一字、一字、拾っていく。

再び、爪の先に息をかけて課長はいった。

「君は、いい腕だってね?!」

「……」

「ところで、君、公僕という言葉を知っているかね?」

「こうぼく!」

と巧二は反撥して訊き返した。

巧二にはそれが公僕のことと判っていた。

「公とは……」

と、説明口調にいう課長の言葉を、いきなり、もぎとるように巧二は、

「素晴らしい香水の匂いのする木のことですね。判ってます」

真面目くさって言った。

その顔を課長は忙わしい瞬きに怒りを隠している視線で睨む。二人の対峙している間を、どこから迷いこんだのだろう、一匹の蝿が、羽音を掠めて飛びはじめる。と、巧二の顔のあたりに執拗くつきまとう。

「ほほう。君はバタ臭いらしい。ハハハッ」

課長は、その瞬間のタイミングも逃さなかった。

「くそっ！　いかれちまった」

巧二はしかし若いのに老獪《ろうかい》な課長に敗北を認めさせられてしまった。

翌日。その翌日も、その笑いは素直になれない巧二の網膜から離れなかった。

課長の評点は悪い。その印象が巧二の縮図だと思ったのだ。だから、巧二が短くなった煙草の火が

唇にうつることも忘れ、横すべりに歪む曲線の端に咥える煙草の灰が落ち、申告書、税歴表、資料箋等を、こがすとき、そして視線を数字の配列に突き刺す真剣な瞬間の彼を浮かべられないだろう。

此村美咲は、別の意味でこの男を見逃さなかった。二日おき、三日経つと彼女は巧二の机の脇に立った。そして、彼女の母親が、女手の生活の方法として選んだ生命保険への勧誘を巧二にはじめたのだ。母親の契約高は美咲のこうした助けで誰よりも伸びていた。

しかし、美咲がいくら彼のところに通ってきてもその都度、巧二の答は決まっていた。

「生命保険？　よしてくれよ。第一、受取人もいないんだ。……とにかく……」

と、化粧のごまかしに乗る俺じゃない！　と口の中で言って美咲の背を見送るだけだった。

呼出し、調査、計算、決議。そして日々が重なるように過ぎていく。

五月の連休。休日は快晴に恵まれ続けるという都合のよさで、子供の日も過ぎた。巧二もN署にだいぶ馴れてきていた。

七日。

午前中。巧二は管内出張調査に出掛けた。

調査件数。三件――。

全部が申告書是認である。

正確にいえば、最後の会社は修正金額があったのだが、セロテープで貼合わせてある窓ガラスの割目が巧二の決断を鈍らせてしまった。

—私情を挟むのはいけない。

—情状の酌量はあっていい筈だ。

署に戻りはじめた巧二は、迷いの雲に覆われてしまった。

雲行が、いきなり変った。突風が唸って上空を過ぎる。

激しい雨が降り出した。

巧二は軒先を借りた。

雨足は、地面にしぶきをあげている。

巧二は、傘を持つのが嫌いな男だった。といって雨に少しでも濡れることはそれ以上に嫌だから、新聞を広げ駈けていく連中の気が知れないと思いながら早い動きの雲の流れを睨んでいた。

「あら」

通りかかった美咲が傘の中へ巧二を半分入れながら寄りそった。

「いい処で逢った。あそこで休みたいんだが入れていってくれませんか」

巧二は丁寧にいった。

「どこ？」

「あの喫茶店で雨の上がるのを待とう」

「どうぞ」

美咲は巧二の体に吸い付くようにして歩き出す。傘が小さいからと弁解するように傘を見る。

「生命保険に入ろうじゃないか」

巧二はいった。

「二百メートルばかり親切にしてあげたお礼のつもり」

「違う」

「どうして？」

「やはり、そういうことになるのかな」

巧二は頭を傾げ考えるように頷いた。

「理由なんかいいわ。ありがとうございます」

「……」

「ここのお茶代、私がおごるわ、入りましょ」

と、いう美咲の二の腕を押え、

「仕事中だから君と二人でコーヒーも飲めない、月曜に来てくれ」

「いいわ。二千万も契約して頂くんだもの」

美咲は、頬に流れた雫を振り払いながら悪戯っぽい表情で言ってのける。

「よせよ。おどかすなよ、せいぜい三十万ぐらいさ」

「掛金のご心配？　大丈夫、作ってさしあげるわ」

という美咲の顔を覗く巧二は、その言葉が出鱈目でないと感じた。

「どういう具合に？」

巧二は、面白半分に訊いた。

その瞬間、美咲の心が機械のように動きはじめ、巧二の机の上にあった、佐喜多商工株式会社の薄汚れた申告書と、気障な佐伯の眼鏡をいじる癖を、交互に浮かべながら、（うまくいくかも知れない！）と秘かに喜びを噛みしめているとは、巧二は考えもつかないことだった。

「明日競馬へ行きましょ。大穴の情報があるの」

美咲は燥《はしゃ》ぐように言った。

「……」

「そう。渋谷のハチ公の前がいいわ、じゃ明日よ」

と、美咲は、コーヒーを飲もうと言ったことも忘れたのか、追い立てられるように駆け出した。

そして、美咲は、後跳《うしろはね》を気にしながら交叉点を右に折れていった。

その美咲が約束した生命保険の掛金を作る馬券の人気は、ほんとうに淋しかった。大穴の出る人気には違いない。しかし、果たして、大穴の情報なんていうものがあるだろうか。巧二は、競馬の知識はないが、そんなところに不思議を抱いたのだ。

「スタンドで、発馬を待ちましょう」

と、誘う美咲を盗み見ながら巧二は、何故か、自分が泥沼に引摺り込まれる感覚に怯えていたのだった。

二・一の馬券を握る手の汗を拭いた巧二、いきなり、嬉しさに顔が崩れていった。

——そうだ、俺の生まれた日の組合わせだ。二月一日。これだ!

——たしかに、これはいけるぞ!

巧二を喜ばせたのは、この直感の冈きだった。

あと五秒
四秒

三秒
二秒
一秒
そして、冷酷な小さな響きで穴場は閉じた。

スタンドで――。

二人は再び並んで、二時五十五分を待った。……素直なスタート。

熱狂。

向こう正面の小競り合いも茫然と視線を追うだけの巧二には勝負を忘れかける。

「タカマ追込んだ！　それ！」

「畜生、やねが悪い」

「ほい！　ほい！」

二十メートル。十五メートル。

巧二の目の前を、一・四・五の順で過ぎた。外わくから魔に憑かれたような、すごい差し足をみた。

「四・五だ！」

「一・四さ！」

とにかく、穴に違いなかった。巧二は未練な気持を軽く抑え、馬券をポッケトの中でもみ押えた。

結果が出た。二・一・四・五。

「凄え！」

「大穴だぞ！」

巧二は、馬券を指先で擦りながら延ばしてあらためた。

〝二・一〟

胸壁を破る勢いで心臓がふくらんだ。

「つくぞ！」

しばらくは、腰が溶けはじめたように思え、力が抜けていった。巧二は美咲の横顔を窺った。ひどく惨めな翳を映している。

「勝負に強いのね！　あなたは」

美咲の沈む声につづいて
「……連勝式……二・一。三万二千六百二十円……」

というアナウンスが耳に響く。

「情報にしてはつき過ぎる」

と呟いた巧二は、その二・一が出鱈目な連番だと、はじめて気がついた。

「甘いなあ！」

と、それは彼がしんみり自分に言い聞かせる言葉だった。

やがて――。

巧二は、一万円札を美咲に渡す。

「真珠を取り戻して来たら」

巧二は、美咲の計画を見抜いている素振りをしながらいった。

「えっ」

「嬉しくないのか契約がとれるんだぞ！」

「そうね……でも、契約がとれただけじゃなくって」

「パールの方が先だ」

巧二の言葉に、美咲は淋しく笑い静かに頷いた。

と、痩せた若い紳士が、入場した時と同じように嫌らしさを発散させて二、三度振返って出口へ向かっていく。

六十万円を巧二はポケットに突込んで歩き出した時、掃除婦の夫婦らしい二人が、落ちている馬券を拾い、近目で連番を調べなおしては、捨てていた。

第二章　密告

それから八日経った。

終業のベルがやけに耳の奥にしみてくる。四日ほど欠勤した病み上がりだからだ。その間も、美咲は顔をみせなかったらしい。

隣の帰り支度の騒音を気にかけない巧二は、〝佐喜多商工〟の申告書の検討をやめようとはしなかった。薄よごれた申告書が、巧二に話しかけてくる。数字の配列がコンクリートを連想させる。

一・九・三・〇・五・五・七……。の数字が巧二に冷笑を投げつけてくるように思えてならない。

――こんなやつに、案外、臭いものがあるんだ。巧二は、いきなり唇を噛んだ。

「藤崎君！」

二係長の高見が呼んだ。やっと気がついたように顔を向けた巧二に、

「やけに仕事に熱が入っているね。病気のほうは、すっかりいいの？」

と、訊いた。

「お陰で」

さあ！　切上げて一緒に帰ろうや。少し話があるし、つき合えよ、な、いいだろう」

巧二はこれから箱根に行く用事が待っていることを計算しながら億劫そうに腰を上げて申告書をしまった。

署を出た二人は、二本目の路地裏にある喫茶店に入った。

クラリネットの演奏レコードが回っている。

ノーミルク、ノーシュガーのコーヒーを、なめるように飲む。高見は、ちょうど、腹話術師のように唇をわずかに動かす話しようだった。

「佐喜多商工のことだがね。あのよごれた申告書のことだが君は、気にする性質《たち》かい？」

「大丈夫ですよ」

「実は、あの申告を受持つといいことがないんだ」

「それで？」

「一人は死んだ。次の奴は、警察に捕まってしまったんだ」

「面白い！」

「面白がっては困るな。ハッハッハ、しかし嫌になったら遠慮なく言ってくれよ」

「そんなことでしたら、ご心配には及びません」

「本当の話なんだよ。強がりじゃない？」

「とんでもない！」

高見の自分の足をすくう口振りに、爆発しそうな憤りがもり上がってきて、佐喜多商工への意固地な気持へと変り、次第に膨んでくる。

その時——。

美咲が入ってきた。

「係長さんもご一緒？」

「ふーん」

「気のない返事ね」

美咲は冗談のように怒った。

「気をきかせてお先に失礼するよ」

と、高見が席を外し帰った。

その後で二人は、しばらく黙って向かい合っていた。が、この喫茶店には個室があることを思い出

した巧二は、

「移ろう」

と席を立った。

ビルのテーブルチャージの欄にチェックがつく。赤いベビースタンドの灯に、巧二のあやしい気持がぶるっと慄えた。

「君は、俺と何か勝負する気かい！」

「おかしいわ。むきになって」

美咲は腰をひきながら体をよせた。

ビールを一気に煽った巧二は、コップを美咲に渡し、また彼女にも奨める。いきなり、美咲の背に手をかけ抱き寄せた。のけぞる顔の長い睫が、二、三度瞬く。はっと気がついたように、巧二は、人差指で、その柔かい線でつくられた鼻を上向けるように押した。

赤い光線が、彼女の鼻孔にしみ美しい曲線として反射してくる。いきなり巧二は体を緊張させた。

「君のためになんでもしてあげる」

と言ってしまった。その言葉は、しかし、無責任な、軽薄なものだった。

いきなり、巧二は立上がった。

「時間がないんだ。このつぎゆっくりつきあうぜ！」

と、いうと美咲の返事も待たずに喫茶店を飛出していく。

外は、雨が降る暗い影色に変っていた。

その細かい雨に濡れて歩く巧二の背に、街灯の影がゆっくり横切った。


「旦那！」

それは不意打ちだった。

急ブレーキで止まる自動車のように巧二は、消火栓の標識と並んで佇んだ。指先が微かに慄えはじめた。当然、美咲の視線を意識したから強いて驚かない風を装おうとしたが、慄えはとまらなかった。

細かい雨が体にしみる。髪の毛の先で雫になったそれが、頬を伝って落ちた。忘れものといった感覚で、蛍光色に浮かぶ窓が、三階の片隅に、一つ残っているビル。その暗い影の中で、老人は呻くようにいった。

「お忘れですかい？」

ひどい猫背、上目づかいが凄みを利かせているようにみえる。――どうしたものか？　巧二は、瞬間、戸惑っていた。

「知らんなあ！」

雨を払いのけるように、巧二は手を振った。

「スポーツシャツの方が、しっくりお似合だね。フッフッフ。旦那」

老人は卑屈に笑った。この笑いに、どんな意味が潜んでいるのだろう。錆びた歯車の軋むような声が、舗装された黒い地面を這うように響く。

競馬場にいた、あの老人の声は忘れられるものではない。

巧二は同時に、美咲の白い顔が、荒い粒子の映像で浮かんだ。やがて、それが、赤い曲線の美しい輪郭を画き、モンタージュされてくる。

巧二の耳の奥で、スチールギターのビブラートの波長が、彼の体の柔かい部分に滲みとおっていく。と、美咲の顔が気味悪く歪んでふっと消えた。

別に考えようともしないが、得体が知れないので、ひどく気味が悪い。巧二は虚勢を張る余裕を失っていた。

巧二は、腕時計をみた。

七時四十五分。

待っている用事がしきりに心の壁に反響して苛立つ神経が渦を巻いてくる。巧二は秘かに困りはじめていた。

この爺さんの前を素通りしてしまえばよかった。しかし、それが出来ないのは巧二の気の弱さからではない。そこに何かがあるんだという興味に惹かれた微かな期待（？）もあった。

雨は霧に変っていた。

「急ぐんだ。早く用を言ってくれ！」

巧二は眼を据えて、後退りしながら叫ぶ。

「逃げるんですかい？」

「違う！　だから早く言いなさいよ」

「二つだけ　……」と言いかけて老人は少しためらったが、再び調子を上げて「あの女に手をふれて貰いたくない」といった。

「女にだって？」

「競馬場で旦那と一緒にいた女ですよ」

とぼけるなと余韻を残した目付になって老人はくるりと背を向ける。

「もう一つは、脱税の摘発を頼みたいんで」

とりわけ意味はなかったが、巧二はいきなり空しさを憶えていく。

「脱税だって？」

「そうだ？」

「どこが？」

「佐喜多商工という貿易をしている会社さ」

「そういうニュースは中傷が多いもんだ」

巧二は老人の背後から釣糸を垂らしてみる。今の今、高見係長に聞いた佐喜多商工という名前に巧二は職業意識からくる歯車の回転が始まった。当然、彼の眼の裏に張るスクリーンに、青い表紙がクローズ・アップしてくる。転勤した時受取った数十件の申告書のなかでいきなり巧二の記憶に飛込んだ申告書を染めている手垢、インクのしみが、その日までのいきさつを暗示している。

巧二には、忘れる暇もない会社なのである。しかし、彼は、その会社の申告書の数字から、わずかな疑いも持っていないのだ。強いていえば完全なものに対する不思議はあった。

「中傷だって！　どう思ってもいいが、あんたには脱税を暴く務めがある筈じゃないかね」

「暴く！　違うそれは違うね。俺達の仕事とは、申告の正しい指導さ」

巧二は、ペースを乱されまいと、昂ぶる気持を懸命に抑えながら言った。

――この爺さんはたしかに何かを握っている。女に手を出すなといったが、美咲とどういう関係があるのだろう。なぜ佐喜多商工の密告をするのか。しかも、係が自分だと知っているわけは？　係長の高見にしても、美咲にしても、この爺さんにしても、誰もがそれぞれに目的をもっているのだ。そして自分にある種の圧力をかけてきている。

いろいろに考え、その事実を頭の片隅に整理しているうちに巧二は、

「迂闊に佐喜多商工の決議は起せない」

と心を決めた。そんな彼の心の動きを覗きこむように暗い夜気のなかで、老けたしいいたり顔が瞶めつづけていた。

「あら」

一度は通り過ぎた美咲が振り返って近付いてくる。

「……」

「失礼なひと、ずいぶん捜しちゃった。諦めたんだけど捉えたからにはもう離さない。ちょっと古い言葉ね、それは別としてこんなところで何をしているの？」

「見れば分るだろう爺さんと話をしていたんだ。佐喜……」

巧二は唸って言いかけた言葉尻を切った。

「誰もいないじゃない」

「君の眼は節穴か、ほらそこに」

巧二の差した指先には、淀んだ夜気だけが沈んでいた。

「ごまかしてもだめ」

美咲は探るようにそのあたりを見まわした。老人の姿は消えていた。

暗がりを意識したわけでもあるまいが、美咲は、巧二の腕を抱えて離さなかった。

「ずるい！　どうして逃げるの？」

「照れたのさ。それに本当に用があるんだ」

「どんなご用でしょうかしら」

「儲け話さ」

「連れてって」

美咲は、鼻を鳴らして甘えるようにいった。

「だめ」

「どうして？　私も一枚入れてもいいと思うんだけど。違って！」

「パーソナルシークレットだからな。女の口は軽いし……」

「じゃ仕方ないわね、終るまで待ってることにするわ。一時間ぐらい？」

「……」

「もっと長くかかるの」

美咲らしくない話しようも、彼女の計画の実行の一部分なのだろうか。それに違いないと巧二の思索は、きわめて安易に勝手に決めつけようをしていく。

「箱根へ行くんだ」

巧二は、美咲の気持を覗きこむようにみた。

「凄い！」

と叫んだ美咲は、しかし、その顔のどこにも、感動の表情にくずれた部分があらわれなかった。

「ついてくるかい？」

「邪魔はしないことを誓うわ。だからいいでしょう。さっき喫茶店で突き放されたとき、キューンと淋しくなっちゃったんだ」

「いうじゃないか嬉しいことを。しかし、時間は無いこのままいけるかい」

巧二は念を押すように言った。

「構わないわ」

巧二のいう用事は小涌谷ホテルで待っている筈である。

国税庁資料室の大野木達と逢う手筈を四日前に決めていた。彼は別として、他の三人とはただ麻雀をしよう、というだけの約束であった。

湘南電車の発車に、かろうじて二人は間に合った。一等のシートは空席が目立っていた。車両の軋む音が、巧二を気むずかしくしていく。やがて巧二は、紛わすことの出来ない空虚感に滅入っていくのである。

しばらくの間、二人は一言も口をきかない。

列車の進行する振動を体に感じながら、美咲を誘惑しようとなど少しも思っていない。といえば嘘になるだろうか。しかも、こうして彼女のほうから飛び込んできているのではないか。女を口説くのは、時間の余った場合、退屈なときだけに限るのだ、とこれは理屈のこじつけに過ぎない。

巧二は、しばらく瞑っていた眼を糸のように薄く開け窓外にうつした。列車は藤沢を過ぎていた。

窓に叩きつけてくる雨足だけが烈しい勢いで降っているだけの景色だった。

「相手にはなってやれないぜ」

「いいわ。明日も？」

「いいかい。美しいからという自信で、のしかかってくるのはご免だ。男の口説きかたでも伝授しようかな」

「たくさんだわ」

「俺の気紛れを承知なんだろうな」

巧二は、美咲の心の変化を読みとろうとして図太く言っているのだ。やはり彼女の顔に一瞬、血の気がさした。そうだろう。と巧二は美咲を覗いた。しかし、すぐに、はにかむ笑いを浮かべて、

「いいわ」

と、軽く流すように美咲はいった。

巧二は、素通りしていく車掌について洗面所に入った。忘れないうちに書いておかなければならない数字があるのだ。

今日は、六万円の支出があった。

洗面所で、揺られながら適当な理由をつけて出納帳に記入した。残は、四百四十三万……円あった。この間の、美咲の情報（?）で握った、配当金も一・八レース。二・一差引残五十九万の増額も記入されていた。用意周到な彼は、競馬場から送金していたのだ。

——遊んだことにしよう。この六万円の領収書がいるな。と思いながら席に戻ってきた。

美咲はつまらなそうに口を尖らせている。

「さあ、何か面白い話でもしながら行きましょう」

巧二は唐突という感覚で、態度を変え、うきうきとした調子で言った。

「また、わたしの知能検査でしょ。ごめんだわ」

「これでいつも女に嫌われてしまうんだ。俺という男は」

「私はそれを待っているとしかみえないわ」

「そうかも知れない」

巧二は、美咲の一瞬の隙を探していた。今だ！　と思った。

「君！　佐喜多商工を知っている」

「ええ」

素直にうなずいてから、しまった！　と感じたらしい。

「何か頼まれてない？」

「別に。どうして」

美咲が反射して突っ込んでくる。

「脱税している噂があるんだ」

「中傷でしょう。だって、専務さんが〝うちはガラスばりの申告だ〟と、はっきり私にこぼしてたもの。あらっ、お気にさわったら失礼」
「ふーん」
「青色申告って、そういう意味なんでしょう。税金が馬鹿にならないんですって」
美咲は興奮して喋った。
「青色申告か」巧二は吐き出す溜息まじりに言った。

〝私達は、ガラス張りです〟と、青い表紙に並んでいる数字は叫んでいる。申告に嘘があっていいのだろうか？　しかし、嘘のない申告という言葉の裏には、誰もが咄嗟に湧くぎくしゃくした蟠《わだかま》りがないと言い切れるのだろうか。

つまり税法の条文は附け足される一方で、会社の営業面へ容赦なく立ち入っていくのだ。こういう考えは認識の不足だともいう。法人税法、法人税法施行規則、法人税法施行規則細則、法人税法特別措置法。法人税法特別措置法施行細則、法人税法基本通達。法人税にかかわる個別通達、等……。

法律はいくら作っても構わない。しかし、営業面への介入には限度があるだろう。

ある人の言葉にも判らないことがある。

税法を理解し、正しく活用するためには、税法を正しく知り、税法を正しく運用して実務に結びつける、といってるのだが、いったい、これをどう解釈すればよいのだろう。会社の営業方針は税法で決めろとでもいっているのか？

　これほどまでに立ち入って法律を作る人達も、法人税を何年も納付した会社が破産をするときの救済法律の立案すら浮かばないらしい。

　しかし、巧二には関係のないことだ。こんな意味のことを納税者がわめくとき、眠ったような眼で聞いてやればいい。税メンの役目は、〝是認〟〝修正〟〝青色却下の上の更正〟の指導、これを忠実に履行すればよいだけのことである。

「業者が可愛想だ」

と無い知識を振りかざした友達の多くが、首になり、警察に連行された姿をこれまでに幾度か巧二は見てきたのである。

　この六年間。

　巧二は、講習会で教えられた調査方法を、一歩も踏み外さない努力はしてきた心算だった。英国では紳士という立前だからというわけでもあるまいが、否認がないらしい。

　そんな理由からではない。巧二は、わずらわしさに弱いのだ。

　法令を重ね、按分して出来上がった数字の配列、利益率、そして商品の回転比率、諸経費が、国税局の出した平均率に照合して作成された決算書に疑いを持つ必要があるだろうか？

――無い。

――ある。

そうだ、あるらしい。しかし、摘発が成功し、その税金と加算税と罰金で、会社の経営が瀬戸際に追いつめられるともなれば、大変なことになる。女、金、酒、女、そして涙、涙、悲痛な叫び。この循環が流れる。

そこで、誰もが勝手な大義名分を作り、〝状情の酌量〟という奴で手心を加えてしまう。こんなときに愚かしいミスが生まれてくる。

やがて監督官庁の検査の槍玉に上がる。そして、女、酒、というのも金の収受が絡んでくる。警察の目がひかる。そして、お定まりのコースを歩まなければならなくなる。

巧二は、業者の敷居を跨いだ後で一杯の茶も呑まない信条だった。

煙草も貰うことがない。

そして、是認、是認、是認。この言葉以外を知らない彼は税メンとしての失格を意味していた。だから、誰もが彼を小馬鹿にしていた。弁解はしない彼も、心のなかでは、

「俺は、つまらなく敵は作りたくないからな」

と呟いて、友達の冷たい笑いに堪えるときもあった。

その巧二が、四百万を越える銀行預金を持っているのである。

遺産ではない。賞金でもない。現職の彼が収賄（？）以外の方法で儲けた金だった。それまでの過去を説明する充分な未来の予測までの計算帳を、用意周到という意味でポケットに持っていた。

「君はいい腕だってね！」といった法人課長だけが、巧二を薄々と気味の悪い存在として知っていただけなのだ。

「小田原よ」

美咲は、流れるホームから視線を上げて言った。眠っている巧二の神経を揺り起こす言い方だった。列車はがくんと停った。

「降りよう」

巧二は渋い表情のまま腰を上げた。

駅前で拾ったタクシーが宮下に入ると美咲は体を乗出すようにして、

「そこ、そこよ」

と、自動車を停めた。

「影心館と読むの」

「ここで待っているわ」

「義務は無いから約束はしない」

巧二は意地悪くいう。

「私が、ここで待っているということだけ憶えていてね。すっぽかしも結構。でも電話だけは忘れないでお願い」

拝む手付で両手を合わせた美咲を降ろして、いきなり急坂にかかった。

そして巧二の乗ったタクシーは、小涌谷近くの最後のカーブをきった。

——あのしおらしさは曲者だぞ！　美咲という女はそんなセンスの持主ではない筈だ。……とすると……。巧二は、やがて、わけの判らない狼狽が胸の奥で揺れ動きだした。

——よーし！　あと三時間ほど待っていろ。あの女を手術台に乗せて解剖してやるぞ！

巧二は、ぐっと奥歯を噛みしめた。

更けた夜の山肌に静かな動きようで雲が降りていた。フォグ・ランプに切換えながらバックミラーで巧二をみた運転手に、

「小涌谷ホテルは？」

と、聞いた。

「そこです」

窓は、黒い夜気だけを通し巧二の眼に映った。その幕を切り開くフォグ・ランプの黄の鈍い光のわずかに届く先だけが、急な道だと判る。道が切れた。生垣の中へ入る。いきなり、砂利にスリップする嫌な振動が体に響いた。

ホテルに着いた。

フロントで、部屋に電話をかけて大野木をロビーに呼んだ。

ソファに体を投げるように腰を下していると、ぬっと大野木が突っ立った。

「遅いじゃないか」

痺れをきらせていた大野木が、目で笑いながらなじる。顎を擦る指が太い割に小さい声だった。

「すまん」

ロビーは混んでいた。運ばれたコーヒーを一口啜った大野木は、慌ててカップを置く。

「連中が待っているからね」

と理由づけながらこぼしたコーヒーのしみを拭く。

「麻雀は？」

「知っているだろう。そのために集まる約束じゃなかったんか」

「人数のことさ」

「四人いるさ」

「俺は余ったね」

余ったほうが巧二には好都合なのだ。

美咲は自分に勝負を挑んできている気持を隠して半泣きの瞬きをしている様子を想像した。

「東南戦で南ラスだから、すぐ入れるぜ」

と、肥った体を振りながら言った大野木が、巧二の分まで角砂糖を入れてしまう。巧二は黙って牌を握る手つきでつまむ砂糖に投げる視線を、いきなり囲りに気を配るようにちらつかせた。

「ところで頼んだ資料は？」

そっと囁くように巧二はいった。

「この通りさ」

三秒ほど、タイミングのずれる仕草の大野木もこの時ばかりは素早く封筒を出すと巧二に渡した。

「全部だろうな」

「もちろん」

資料の写しは四枚あった。

売上の、仕入の、取引をピックアップした相手先。日付。金額。その支払状況、そして……と、小さい数字が丹念に写し書きとられ並んでいた。

それは、京研産業株式会社という、近く上場されるだろう、と噂されている会社の資料を、資料室で調べあげたものの写しだった。

巧二は、いきなり真剣な視線で、ラインを引くように数字を追った。

「おい、調べるのは後にして部屋へ行こうや」

大野木が、焦れるように言った。

さて。この写しを作ってくれた彼への報酬に巧二は細心の注意を払う努力をした。考えた末馬券が浮かんだ。

この馬券を手に入れるため、彼はわざわざ中山まで行って配当金受取に列をつくっている連中から買い取って来たのだ。

「君に頼まれていた馬券さ」

「え⁉」

きょとんとした眼で巧二を見詰める大野木に巧二は6・4の馬券をおしつけるように渡した。

「俺は頼まないぜ」

「何をいってるんだい。六・四を二十枚中山へ行くなら買っておいてくれって……ほら、資料室で君から二千円預ったたじゃないか」

「いつのことだ?」

と、聞き直す大野木にかまわず巧二は、

「君は素人だから取れたのさ。二千七百三十円ついたから五万円でる配当金だ」

「ふーん」

大野木は咄嗟に判断がつかない顔をしたままだった。

「お礼だよ」

巧二は急に声を細めていった。

「判らんね」

「現金という奴は後がうるさくてね」

「判らんが、五万と聞いたら咽喉《のど》から手が出てしまったよ、貰っておこう」

「温泉プールに飛び込んで待っているから、一区切りつけてこないかい」

「すぐ行くよ。あ、そうか。君らしいや手がこんでるな」

大野木は巧二の芝居を薄々気がついてきた。

「お互いに馬鹿をみたくないから連番の馬の名ぐらい調べておいてくれよ」

「ありがとう」

大野木はぽきっと小枝を折るように言った。部屋に向かった大野木の背後を追ってから巧二は売店でタオルを買った。

その時、美咲の体臭をしきにり追う巧二の心は、小涌谷を降り始め、美咲の部屋へ飛んでいた。


夜景は闇につつまれていた。

プールサイドに並ぶ蛍光灯は、もうしわけ程度の光度だった。

しばらくという時間。

巧二は、宇宙空間に浮遊しているような感覚に浸りながら突っ立っていた。

足音をしのばせて夜が更けていくのを、しみじみと感じる、湯気の表面は、飛躍していく巧二の一人よがりの感覚に、苛立たしさをつけたすように、霧雨が波紋を作っていく。

巧二は、腕を組んで、足もとから這い上がってくる湯気の臭いに鼻翼を蠢かした。そのなかに、美咲の体臭が、うずくまっているように思えた。

いきなり、巧二は闇を抱えこむように、飛び込んだ。二十メートルぐらいの距離をクロールで往復しただけで、呼吸が荒れ、顔が燃えるように熱くなった。

巧二は、そのへりに頭を預けるように乗せて、静かに足でセーブしながら浮かんでいる。その顔に細い雨が、針で軽くつつきまわすように注ぐ。

――うまくいったぞ！　大野木のやつにも知られなかったこの儲け口で、俺の銀行の預金高が倍になるんだ。まさか……？　この俺がこれ程の商売人だと高見は思ってもみないだろう、この俺の秘かな動きは、その場限りの感覚などで嗅ぎ出せるものじゃない。しかも、内閣総理大臣だって〝止めろ〟とは命令出来ないんだ。

巧二は目を瞑った。

そして、大野木に頼んだ資料集めがスムーズに運んだことで、成功という階段を一段づつ上がっていく喜びがこみ上げてくる躍動を静かに抑えていた。条件なし、じっとしていられない気持が、美咲を思い出す余裕へと発展していた。

どうしているだろうか？

「早く行ってやろう。あの女の解剖もまんざらじゃない。……ふうん」

瞬間、巧二の体の一部がしきりに騒ぎ出してきた。

「まだだ！　まだだぞ。その時間はきていないんだ。いま行ってみろ、俺はなめられるだけじゃないか」

巧二は、素直な気持に反射するように挑んでいく余計な感情の起伏に、はっきり迷いはじめた。

「おーい」

大野木が、走ってくるなり足を滑らせプールに落ちて飛沫を上げた。

「遅い！　もう、あがるところだ」

「ま、まてよ、連ちゃん連ちゃん馬鹿づきよ。あの六・四のお札のおかげらしい」

大野木は肥った体を持て余し気味に這い上がると、巧二と並んで腰を下ろした。

「先刻の話の続きがあるんだ」

「わずかな疑いかい？」

巧二は、切り口上で、しかし笑いながらいった。

「そういったところだね。あの資料の使い道ぐらいは教えて貰える権利があると思んだが」

「堅苦しいことを」

「違う。君は信頼を裏切らないと信じているよ」

大野木は、苦しい言いわけを厚い唇をわずかに動かして言った。

「信じているなら聞くこともないだろう」

「つまりは、そうなるわけだ」

「よし！　話してやろう。実は株主になるのさ。あの京研産業なら発展性があるし、俺がそう睨んだ眼に間違いはないと思う。しかし、念を入れなければいけないんだ。金が出ることだし……」

巧二は、湯気を覗くように猫背になりながら言った。

「そうか。くどいようだが信用はしている。気を悪くしないでくれ、悪用されると俺の……」

と、大野木は、弁解がましくいってグローブのような手で、二、三度、首筋を擦る。

「首か？　大丈夫だ」

「頼みましたよ」

「ほんとにくどい！　そうだ、ハイヤーを呼んであるんだ。帰るぜ」

巧二は、体を煽った。

「近頃、流行の遠心脱水だ」

と、言うとロッカーに飛込んだ。

「おい、ずるいぞ」

「えっ?」

「違約金を出せよ」

「麻雀のか?　いくらだい?」

「女の価値しだいさ」

「女だって?　そうか。俺の顔にそう書いてあるのか。いけねえ、不覚だったというわけだな。払うよ、五千円でいいだろう」

「ふん。安っぽい女らしいな」

と、大野木が振り返った時には、巧二の姿は消えていた。その視野に、ハイヤーらしい四本のライトが仄に霧雨を払いながら入ってきた。

第三章　美咲

美咲が待っている影心館に着いた巧二は、いままでの想像が見事に覆されている現実に驚いた。

喫茶室のフロアーで踊っている美咲の声と後姿が、いきなり、巧二の眼に耳に飛込んできたのだ。

それを黙殺して、女中の案内で美咲のいない彼女の部屋に入っていくのが佗しかった。

烈しい湯疲れが体中に拡がる。

瞬間。美咲を解剖してやるという思惑が消えた。美咲の一部分を探し当てたことが、巧二の気持にある種の気易さを憶えさせていく。

わずかな時間だが、興味以上のものを抱いてきた反面。――この女にいかれたら、俺は台なしだ。と、しきりに自分にいい聞かせながら籐椅子に体を預けていた。

その失われなかった冷静さの中に、マンボのリズムに溶けていた美咲の後姿が、ふっと介入し、巧二の気心へ魅惑に惹かれる部分となって浸透していくのだ。

やがて、妊娠を中絶した女性の気安さが、うらやましいほどの重圧を、鳩尾に感じはじめる。

乱暴なスリッパの摺りはねる音。そして、襖が開いて美咲が帰ってきた。

巧二は、意識してにがい笑いを頬に浮かべている。

美咲は、微かに笑いを返すと向かい合った椅子に、ちょんと坐る。唇の隙間に覗いている彼女の小さい歯並びが、巧二の浮わついた気心をしきりにけしかける。

思いなおした巧二の視線が、一瞬、冷たく美咲の顔に突き刺さった。しかし、(嫉妬してるのね、という気持で)反射する美咲の眼に凝視《みつめ》られると無条件で照れてしまった。

「あらためて聞くのもおかしいけれど、どういう風の吹きまわしでここまで一緒に来たの?」

巧二は、唐突過ぎる口調で愚かな質問をした。何故なら、美咲はきっと、心の中で自分をすっかり読み取っているかもしれない。レントゲンの正確さでだ。と、思った負い目が巧二にあったからに他ならない。

美咲は、美しいという自信を、その表情から隠そうとしない。それだけに、男というしろものには日頃からいろいろな意味での挑戦を試みているのだろう。

「来て悪かったん」

美咲は、少し鼻にかけた声で、男の勘どころを計算したように押えつける言いようだった。

「あなたにお頼みしたい用件は確かにあるんだわ。でもそれだけではないわ……それを女の口から言わせる心づもり。ひどい！」

これはひどい女の嘘である。こんな美咲の言葉を期待した巧二も事実、彼女の口から訊いた瞬間味気ない退屈を感じてしまった。しかし佐喜多商工を……という美咲の言葉だけは聞きたくない彼の気持のどこかで、それを待っている天邪鬼。（解剖しようという気持に誘われている）自分に逆らっていく。自分への不信。それをどう処理すればよいのか？

「俺に頼むことがあるといったね。それは？」

と、巧二は訊いた。

「残念なこと。今日のところはございませんの」

美咲は、きっぱりいって巧二をまじまじと瞶《みつ》めた。口ほどに物を言う眼尻が、最後に、何を言おうとしたのかぴくっと痙攣した。

「すると二人がわざわざ待合わせたことに意味がなくなるね」

「どうして」

「二人の間には恋愛感情もないし、発展していく見通しもない」

巧二は、少し嘘をついた。しかし、

「ないと断言なさるの」

と、いった美咲の反応を把握しようと巧二は彼女の顔からその真剣な視線を離さなかった。

「恋愛の真似をしたって損はないじゃない」

しらじらしくいう美咲のペースに巧二は幻惑されはじめた。

「真似事だって？」

「そうよ。巧二さんが愕くほど不思議なことかしら」

巧二は、そうだ、違うと答えられなかった。負けてしまうぞと、苛立ってくる彼は、自分を図太くなることで誤魔化そうと、美咲の椅子の脇に寄りそった。眼を瞑ってくれたことが好都合だと気軽になって美咲の肩に手をかけた。

「何をするの」

「接吻をしようというのさ。恋愛の出発点としてね」

巧二は、魚の逃げる身のこなしで、彼の前を抜けて立った美咲に、男の本能を揺さぶられながらぼそっと言った。

「あなたに感情の……いいえ、女に溺れることが出来て？」

美咲が覗きこむように言った。

「君を好きになれたのだから」

「嘘！」

「どうして」

「好きな女の言うことは男って叶えてくれるものよ。だけど巧二さん。あなたには私の頼みを受入れる広い心の余裕があって」

「聞くかも知れないさ」

話が途切れた。

二人の間に、空々しい雰囲気が漂いはじめる。二人とも唇を締めたまま、電子計算機のように、瞬き、眼だけを動かしていた。

つまり、冷酷な顔とでもいうのだろう。

こんな場合。巧二以外の男ならば、ふとした拍子で、その機会を逃さず、相手の女の気心を甘い調子で誘うだろうし、女だって、嬉しさと、恐怖の入り交った複雑な表情を、巧みに採りながら、情勢の許す限りで、その誘いに乗ってくるだろう。

しかし、美咲はいきなり、その女の感情をコンクリートの壁の中に仕舞いこんでしまったようだった。

風が、部屋の外で唸った。両足が、山肌の呼吸のように、烈しく、そして静かに庇を叩きはじめた。

巧二は、相変らずむっとした表情で煙草を咥える。

美咲は、素早く指をしならせ火をつける。と、巧二につきつける。巧二の視線をさけながら、そのマッチをテーブルの表面に滑らせていた。

御同伴バー〝密会〟とあった。

「そこへよく行くの?」

「ええ」

「そこで待合わせて真似ごと恋愛をしようじゃないか？　今晩は中止だ」

「あなたに出来て？」

「出来るとも。仕事を忘れてね」

「仕事？」

「そう儲け仕事さ！」

「お手伝いしようかな？」

美咲の眼が豹のそれのように輝いた。

「君にも分けてあげる。真似ごとの雰囲気を作るためにね」

「儲かるの？」

「それで調べるんじゃないかまだ判ってはいない。しかし」

「儲かることに間違いはない。という顔ね」

美咲は、けげんな顔に曇を走らせる。

「京研産業の脱税を調べるんだ」

「どうして？　あなたの管内なの」

「違う。株主になるんだよ。近く上場される会社だから一儲けさ。大きい声では言えないが、脱税するくらいの会社でなければ大きく発展はしないさ。大きくなった会社は別さ。過渡期の会社は一つひとつに税金を払っていたら社内留保など出来やしない」

「面白いやりかた。いかにも巧二さんらしいわ」

「判った？」

「判らないけど、やってみるわ。私の仕事は？」

「君の得意の方法で脱税を嗅ぎつけてくれ」

「すると」

と、美咲はちょっと、首を振って、

「脱税をしている方が、株主になる巧二さんの儲けにつながるというわけなのね。税メンとしてのジレンマに陥らない」

「そんなこと問題じゃないさ」

「やらせて頂く。いつまでに調べるの？」

「そうだな。この三日の間にやってくれ。四日目そこで逢おう」

「バー密会で？」

と、聞き返す美咲から掠めるようにマッチを取ってポケットに入れ巧二は部屋を出た。泊まるとこ

ろはない。今更小涌谷ホテルにも戻れない。といって美咲に、

「泊めてくれ」

とは切り出せなかった。口が腐ってもいえない。


その翌日から二日。

巧二は署を休んだ。年間二十日の範囲で許されている有給休暇を利用した。

その二日、何をしようと勝手なはずだ。彼は、金儲けの準備と仕上げに夢中で過したのだ。

京研産業株式会社といえば、近く上場会社として、新しく発展する約束が出来ている会社だった。

電話で連絡をとって、

「逢いたい」

といっている常務の山岡を尋ねて、巧二は胸を張ってエレベータを降りる。

応接室で茶を一口啜ったとき山岡が入ってきた。巧二は、いきなり、腹の底に力を入れる。これから勝負が始まるのだ。相手は、この社会で鍛えられてきた男だ。真正面から、巧二が挑んでも敗北は目にみえている。第一、格が違う。年にしたところで親子の差があるのだから……。巧二は、卑屈になった。が、それで当り前だと深く気にとめなかった。

〝この若造！〟といった心の中の横柄さを、腰の低さでカバーしても巧二には、それとはっきり読みとれる。

「ところで、早速の用件で失礼ですが、うちの経理部長とのご関係は？」

と、長い手で髪をなでつける。

「別に。だからといってやましいことはありませんよ」

巧二は下唇を突き出して言う。そこが若さに違いない。多分にもれず税務署という城を背景に、自分の力をやはり過信している彼を宥《なだ》めるように山岡は、うなずく。

「失言、失言でした。誤解されると困るんですが、経理部長にお話しになったことを、ご迷惑でも、私に直接、お聞かせ願えませんでしょうか？　あくまでもお願いという意味なのです」

痩せた顔の中で、一つの特徴らしい目尻の下った眼に、品のいい微笑みを浮かべて言い直した。

「では、お話しましょう」

巧二は、話の口火を切った。が、しかし、しばらくは目を瞑ったまま考え込んでしまった。

「他言は？」

「絶対！　紳士協定を結びましょう」

冷たい空気の流れが二人の腰を足もとを掬っていた。

「では……」

と巧二は小声で言いはじめる。そして時折用心深く振り返った。

「お宅は、今年が調査される年だそうですね。いや……これは、お宅の経理部長のお話しです。私の推定ではありませんが、少し自信がないと伺ったものですから、交換条件で私がその方法をお教えしようと申し出たのです」

「ほう」

他人のことのように山岡は、気のない相槌を打つだけというそれが彼の老獪さだった。

そうだとも違うとも断定を下さない。知らない筈はないのに、と巧二は思った。山岡は余計なことを口外した経理部長を怒っている顔だった。

「もし、もしですよ」

と念を押しながらも山岡は、笑顔を忘れない。

「おたくさまに、お願いした場合は?」

と、話の要点に入ってきた。

「そうです。私のやることは、会社の模擬調査をすることです。日を決めて、そうだ!　この次の木曜日がいいでしょう。私が仮りに調査官になってですがね」

「調査官と同じでしょうか？　失礼はお詫びします。どうでしょう」

山岡は突っ込んでくる。

「さあどうでしょう、資料は八分通り集まってますが……」

「ほう。それを一応信用してですが、その結果として、私達のあなたへの報酬はいかがいたしましょう」

「今度、増資なされるでしょう」

「……」

「その増資新株を、五十円で二万株、いただきたいのです。もちろん保証金は用意してあります」

と、巧二は、銀行支店長小切手を机に出して置いた。

〝壱百万円也〟支払先が京研産業株式会社とあった。

「ご用意のいいことで……念のいった……」

山岡は唸った。しかし、気持の上で複雑な変化に戸惑いしているように思った。

ところが、山岡は、態度をいきなり変えた。このとき、巧二は水際まで追いつめられている立場をさとった。

「うちはガラス張りですし、そんな必要は」

無いという言葉付だった。ところが、巧二にしても税メンだから、この際、上手に白紙に戻す必要があった。

山岡は、長い首をくねらせ愛想笑いをしきりに浮かべ、

「実は……部長から、そのお話を伺いましてから重役間で問題を若干起したんです。困ってしまいました。一応、私が一任されましたので藤崎さんとお逢いしているのですが……」

「ご迷惑とは知りませんでした。では帰りましょう」

巧二は、顔の筋肉のこわばるのを隠して腰を上げた。

「ま、待って下さい。ご心配いただいたお礼に五百株は用意いたしましょう」

山岡は、胸をそって言った。

「ありがとうございます、がいりません。間違えないで下さい。私はそこらにいる喝やじゃない！」

巧二は平手打を相手に与えるようにきっぱりといった。

「でも……」

「でもも、ストライキもないんだ。俺は、押売りや、株ごろじゃない。経理部長に頼まれたから、資料も集めたんだ。頼むから馬鹿にした言いかただけはよしてくれ」

巧二は、涙の出る刺激を鼻の奥で押えた。

ふと、自分があわれになった。何もいわずに帰ることだ。巧二は、ドアの把手に手をかける。山岡は迷い苛立ったが、巧二を怒らせないのが先決だと思い直して、

「判りました。私に腹芸が出来なかった点をかんべんして下さい。この通りです」

山岡は、フロアーに両手をついた。瞬間に態度を変えられるこの男は、やはり根強い男達の一人なのだろう。

「今さら」

巧二は、軽蔑する眼で、見下しながら言った。

「そこを、この通りです」

と、巧二とドアの間に蹲《うずくま》る山岡に、中層以下をうろつく実業家の底流をはっきり見たような気がした。

「話を戻しますから、さっ、早く立ってください」

巧二は丁寧に言った。

「今、ここに経理部長を呼びましょう。細部の打合わせをよろしく願います。それから、株主になっていただく件は私の責任で致しましょう」

「いいでしょう。もう打合わせなどないのです。木曜日に私がお伺いすれば、それでＯＫ。これで失

礼します」

と腰を上げた巧二に山岡は、

「只今、部長が参ります」

と、しきりに押しとどめた。

「急ぐ理由があるのです。これもおたくの会社の件で、資料を集めているものと逢う約束の時間です。もちろん、使い道は知らせてません。ご安心下さい」

巧二の言葉と同時に経理部長が入って来た。


巧二は、ポケットからマッチを出した。しばらく、そのレッテルにみとれていた。黒い感触のいい表面に、蝶を図案化した、黄、赤、青が、巧二の瞬く合図に躍動しているようだった。

ご同伴バー〝密会〟

そのマッチに書かれた名のように、巧二が探し当てた店は、銀座並木通りの、思わず見落としてしまう路地の曲りくねった突当りにあった。

ドアに、夜光塗料で斜めに〝パーソナル・シークレット〟と書いてある。巧二が、たどたどしい発音で読み終わったときドアがあいた。

ボーイが思わせ振りに出したメモ。その上隅に I must rely upon Your secrecy とあった。

「お名前をどうぞ」

小さく囁くような声に、彼は、藤崎巧二と書いて渡した。

そこからはじまる、細い、そして凹凸に囲まれた廊下はどこまでも続いてるようだった。

巧二に何かを連想させる。

即ち、巧二の本能をかきたてる想像を呼ぶ洞窟のようだった。赤いライトが鈍く屈折し、ドア番号が、青く点滅していた。

——これで採算がとれるのだろうか。高いのだろうなと、巧二は思った。しかし、灰光のように横切った職業意識も瞬間に消えてしまい、銀座に、その真中にいることさえ忘れてしまった。

先導していたボーイが、代りにノックすると逃げるように立退く。

巧二が、窮屈そうに入った小部屋は三隅から、赤、黄、緑のライトが斜めに投影して、美咲の顔を引締めていた。

「待ち疲れよ」

美咲は、ブランデーグラスを置く。

「例の件は？」

「グッドニュースよ。でも、それはあとで」

美咲は、巧二にやさしく視線を流したが、しかし、すぐに無邪気な素振りに戻り、首をすくめ歯並の隙からちらっと舌の先をみせた。

「この小部屋は、いいな。恋愛するにはもってこいの狭苦しさだ」

「真似事のでしょ」

美咲は媚を売る卑屈な眼で巧二を睨んだ。

淫蕩な雰囲気は、デリケートな感情を消すように部屋に漲ってくる。

——佐喜多商工がくさいということを忘れてはいけない。美咲とは深い関連があることは、はっきり判っているのだ。と巧二は思い出した。

せっかく、美咲がわざわざその雰囲気を作ってくれているのに、佐喜多商工の脱税を捉えるわずかなきっかけを、探り出そうという意欲が湧いてこない。と、巧二は自分でも歯痒くなってくる。

「浮かない顔！　どうしたの」

美咲は溜息まじりになじった。

「まあ、いいさ」

「よくないわ」

「俺の問題を片付けていたのさ」

巧二の神経の反面では、美咲を、少しでも利用して佐喜多商工の脱税を発見しようとした思いつきを、しきりに消していたようだ。

恋愛の真似も出来ない哀れな男なのだろうか。

美咲は、巧二の顔をまじまじと瞶めた。

「いいかげんに白状したら」

巧二は美咲を覗きこんだ。

「何を？」

「言えない。そうだろうな。好きだとはプライドが……」

「いゝっち」

「ハハッハハ」

巧二が笑って誤魔化そうとした。

「笑って済むのでしたら、どんどん笑ってよ。口惜しいけど、少しづつ好きになっていくの。女の本能の弱さかな」

巧二は、その美咲の言葉を信じない。自分を利用する計算があるのだ。と、決めていた。しかし、

「俺はもてるねえ」

巧二は、素直に美咲の言葉に乗ったふりをすることで満足感を味わった。

「巧二さんは、女性に親切だからよ。きっと」

二人とも、自分の言葉に酔いはじめている。青という原色と、赤と黄の原色の会話とでも説明しよう。二人の言葉の綾の中に、屈折する反射の感覚が隠れていた。

「待った」

巧二は、美咲の唇を切るようにいった。

「えっ」

「判った。判ったよ」

「何が？　突飛な言いかた、一人合点よ」

「いや違う。俺には、六感以上のものがあるらしい。だからはっきり判ると言えるのさ」

「おお素晴らしい寒気！　ぞっとくるほどの自惚れだわ」

美咲は、目を細める。が、ぶるんと慄えたのは巧二のほうだった。

「温度調節のスイッチが冷房に回ったらしいわね」

美咲はにいっと笑った。片笑くぼが出来た。巧二の唇に視線を注いでいる。

巧二は、美咲の脇に摺り寄った。美咲は、逃げる筈がない。

わずかに受口の彼女の唇が、慄えながら近づく。

――これは嘘じゃない！　たしかに美咲は、俺の何かにいかれているんだ。

不謹慎なことだ。接吻の最中に外のことがしきりに浮かんでくる。

――そうだ！　ここへくる途中にも、あの嫌な爺さんに逢った。俺を呼びとめて佐喜多商工の摘発をさぼるなと、女に気をつけてくれと、予言者のように図太く、自信のある言いかたをした。しかし、この女の方こそ、俺に気をつけなければいけないようだぞ。それに、俺は佐喜多商工のことだって忘れやしない。佐喜多商工にしたところで、調べてぼろが出なければ是認なのだ。俺は別に佐喜多商工にうらみはないからな。俺は、あの爺さんに唆かされて、その調査を夢中でやっているとでも思っていたら大間違いだ。俺の力で発見出来なければ是認でいいんだ。……おっと……そうだ美咲も興奮してきたぞ！　強く吸い出した。そらッ、そらッ、息がつまって気の遠くなる時に、本当の喜びがあるんだ――俺だって、好きだ。本当に好きなんだ。それなのに、それなのに、どうして俺は素直になれないのだろう。

美咲の指の爪が、巧二の首筋でこまかく慄えていた。

ずいぶん、長い接吻だった。

「あっ」

美咲はわずかに声を立てた。

巧二の手は幾度も払いのけられた。

「嫌！　恥ずかしいのよ、よして」

狭い部屋。

興奮。そして色、光の屈折が二人の神経を焦立たせるような、息苦しい雰囲気だった。

……。

「ネックの線までよ！　それ以上はだめ」

二人は、溜息をついて離れた。

それは、二人の体の中に芽生えた倦怠感だった。

「一生、お交際《つきあい》してよ」

「一生？　どうして？」

「一つひとついう言葉に理由が必要なの？　でもこれは結婚の申込みではなくってよ」

「お互いに好意を忘れた頃まで……」

「さあー、それはご随意に」

美咲の顔にはわずかな動揺もなかった。

相変らず、唇を尖らした巧二は、無愛想だった。

「これよ、いくぶんでも参考になると思うわ」

美咲は封筒を出していった。

「この間頼んだ京研の脱税の資料か？」

「もちよ」

「ありがとう、いい腕だね」

「報酬を忘れないでね」

「出よう。京研産業の株はあとで分けて上げるよ」

腰を上げた巧二は、美咲を振り捨てるように素早く外へ出た。

並木通りは、相変らず彼の神経を殴りつけるようなネオンの明滅が重なっていた。

なまぬるい湿気でべとつく空気が巧二の肌にまとわりついてくる。

いきなり美咲の視線を背後に感じた。巧二は振り返った。美咲は彼を追いかけてはこない。摺れ違った人波の後姿だけだった。

「いけないいや」

巧二は、自分を嘲け笑ってから隠れるようにコーナーを折れた。

翌日から、また、新しい気持に切換えて、巧二は出勤カードに追われはじめた。

何はともあれ、仕事をしなければならない。即ち、佐喜多商工を〝是認する〟にしても、今までのような、調査に全力を傾けることが必要だ。

「脱税しているとは思ってもいけない。しかし……」

と、自分にいい聞かせるように巧二は何度も呟き返した。

その時――。

〝調査というものは、銀行より始め銀行に終れ〟というモットーが、モーターの唸る響きで、沈むように静かだが、圧力のある音色で巧二の耳の奥に反復してくる。

〝銀行調査〟

巧二の頭の中は、やがて高潮の押し寄せるようにこの調査のことで一杯になってきた。

佐喜多商工か！　佐伯伝三か！　と繰返しているうちに、少しづつ結論が纏《まとま》っていく。

――自動車で二十分とかからない程度の範囲にある銀行だろう。それ以上離れていると不便だから
と、いちおう決めてみた。そして駐車に便利であること。そして、その支店長の転勤先の銀行

を当ること。

仮りに計画した銀行の調査要領にしても、それではあまりにも漠然とし過ぎている。例え、発見したところで、タイミングの具合では失敗する可能性もあって、推定通りに物ごとが運べば苦労などありゃしない。

無駄足が多いのだ。

これまでに巧二は、税メンとして幾度、無駄足の経験を持ったことだろう。数え切れない程なのだ。

つまり、これは、いい加減な、そして凡そ無責任な気持でなければやり切れない。ちょうど、鉱脈を探し当てる山師の神経に似たものだった。

名前、そして偽名をメモしなければならない。佐伯伝三……これは本名だからもちろんのこと、大平吾郎から平二郎の名前も考えられる監査役の名前、そして佐伯の周囲の名前も、創りだしてみた。

馬鹿げたことは充分承知だが他に方法があるだろうか。

「よしやってみるか」

と電話で三日前に是認した会社を呼びだした。〝明日一日だけ〟という約束で運転手ごとヒルマンを借りることにした。強引な依頼をどんな顔で承知したかしらない。

とにかく、電話では快く貸してくれた。

巧二は電話帳を拡げた。

片端から銀行を呼出して、駐車の便を尋ねては通話を切っていく。

東京都交通詳細図を拡げながら、出鱈目のような採択で選んでいく銀行名を、支店名を書きとった。

「藤崎君！」

高見係長が、欠伸を押えた涙を、ハンカチで丁寧に拭きとりながら呼んだ。

「……」

巧二は、振り向こうともしない。

「ばかに熱が入るようだね。忙しいようだ」

「こんな仕事は、馬鹿らしいだけですね」

「どうしてだい」

「大きい脱け穴でも見つけたなら別ですが、見当外れらしいと、はじめから判っているようなものに夢中になっているんですからね。笑いばなしにもなりません」

巧二は珍しく弁解をした。

「相手は？」

「佐喜多商工ですよ」

「えっ、それはね適当にやっときたまえ。あとで困る立場に追い込まれないようにね」

高見は、それっきり口を噤んでしまった。

巧二は、運命論者ではない。しかし、彼はつきと偶然を重要視していた。丹念に計画をたてて探し回るより、ふとした瞬間に、素晴らしい資料を探し当てることがあるのだ。

真剣な気持でそう思っていた。だから、ふとした偶然を待っていたようだ。

三日前に転がるように巧二の手に入った資料にしても系統立てて探したものではない。

巧二は学校時代の友達にふと巡り逢ったことからはじまる。挙句、新婚家庭へ押し込むことになった。

彼の家で当然のように結婚記念写真を見せつけられた。その包装紙に注意がとどく、何気なく彼の視線を釘付けにしたものは古新聞の活字だった。正月のものなのだ。

〝日航で初詣での一家〟の見出しに視線をとめた巧二は——佐伯伝三さんは貿易会社の社長で……。の記事に思わず職業意識が燃えだした。

「これはいけるぞ」

巧二の胸のなかで何カ月か忘れていた笑いがこみあげてきた。

「よーし、大事にしまっておこう、役立つかも知れん」

巧二は、メモを出して、K新聞、一月三日朝刊、日航機で初詣での記事（佐伯伝三）と書いてから丁寧に折ってパス入れに挟んだのだ。

その新しい彼等の生活には動揺しなかった巧二も、帰りぎわ、だらしなく顔の筋をゆるめながら帰った。

誰が反発しようと、偶然が資料を集めてくれるという信条を巧二は曲げようとはしなかった。


暑い！

しかし、ネクタイをきちんと締めた銀行員達は、汗を拭きながらも、決して文句を言わない。真四角な感覚の建物の中で古い伝統、しきたりの枠に閉じこめられながら機械になろうとしていた。

「几帳面な連中だ」

巧二は、ぐったり疲れた体をソファに凭れるように腰を据え、口の中でもぐもぐと呟いた。

「只今、係を呼びますから」

支店長は、分度器で計っているかのような腰のかがめようで言った。

巧二は、支店長に読めるように、メモ用紙をテーブルに提出した。

平一郎。佐伯伝三。此村――?。佐藤三夫。と、四人の名前が列記してあった。

やがて、係と呼ばれた男が、得意先名簿を持って来る。

今朝から、六カ所の銀行で繰返してきた同じことが、これから始まろうとしているのだ。

「ここも、該当者なし、なのだろうか?」

と、咽喉まで突上げてくる溜息を、抑えるだけで神経は焼けただれていく。

「はじめましょうか」

と、得意先名簿を手にかけたその行員が言った。

「お願いしましょう」

巧二は、焦点の部分が焦げるような鋭い視線で睨んだ。

「〝さ〟の部からですね」

銀行としては、税務署の照会があった場合、その解答に協力しなければならない。まあ銀行としては迷惑な話なのだ。限度内での協力。ここに複雑な感情の摩擦はさけられない。

係の行員としては、得意先のことでもあるし、なるべく発見されたくない。そんな気持が、つい行動にあらわれる。

「ありませんね」

と、早々にいいながら一枚づつめくっていく。定期預金の増減にも関係する場合もあるのだから、行員の手さばきにもスピードがのる。

「ここにも……ここにもありません」

と、札束を数える手でめくるのだ。

やがて巧二の眼は、赤く充血してくる。

わずかな油断が、その名を見落としてしまうのだ。と、いってその行員は、巧二が発見しない以上、

「ここにありました」

とは言わない。素知らぬポーカーフェースで、めくっていってしまうのだ。

頼りになるのは、自分の眼だけである。

〝た〟の部にはない。〝さ〟の部もだめだろう。ふっと気落ちがしたとき——

何か予感があった。

「ま、まってくれ」

いきなり、巧二の眼が止まった。

「これだ！」

三枚ほどめくり返して、巧二は人差指がそり返るほど力を入れてその部分を押えた。

「あった。やっとあった！」

巧二の頬から緊張がゆるむ。

国税局用簿を出すと、いきなり、殴るように写しはじめた。

住所。世田谷区深沢……定期——一、三六〇、〇〇〇。一、〇〇〇、〇〇〇。……一五〇、二〇〇
……普通預金——二〇四八二五Ｂ……

巧二は、ペンを置いて顔を上げたとき、その行員は諦めたように、普通預金の原簿を持って来た。

巧二は、早速、ピックアップした。

七月三日——（残）二、五〇一、〇五〇。九月四日（出）五〇〇、〇〇〇。十月二日（入）五四〇、〇〇〇。（（十一月、十二月、一月、二月、以上四ケ月、出納なし（?・））。三月四日（出）四二五、〇一〇。五月九日（入）三五四、〇〇〇。五月三十日（出）一、五〇〇、〇〇〇。……。

書き終った巧二は、ついでに定期の期間も、参考までに簡単につけ加えた。

巧二の唇は微かに笑い、そして、だらしなくゆるんだ。十一月に引出金額がないこと、そして、パス入に入っている、日航機に乗っている事実を示す古新聞。

　すると、日航に払った金の二十万弱の金はどういう出納になっているかで決まる。どこか外の銀行から引出したに違いない。と巧二は連想した。

　だが、こういう考え方にしても、まだまだ巧二の一人合点に過ぎないのである。

　追及の糸口、それはどこにあるか判らない。しかし、それを探し出す資料が多ければ、見付けられないほどの巧妙な手口も、案外なところから、ほぐれていくかもしれないのだ。

　五月で出入が止まっている。その最後に百五十万円の支出がある。

「何故だろう?」

　巧二は、瞬間の喜びを忘れ、気を許す暇もなく、二度目の推察へ神経を移していた。

　――そうだ！

　――違う！

　安易な考えと、それと違う巧二独得の複雑な神経が疑惑を抱いていく、二つの思惑が、胸の中で交叉していた。

「お済みですか」

　支店長が、もの静かにいった。

「ご迷惑をかけました」

巧二も調子を合わせて、頭を下げた。

「いいえ。お一ついかがですか」

アイスクリームが二つ並んだ。

「では、溶けないうちに」

巧二は、手をつけていた。

はじめてのことだ。調査という仕事中に、その業者が相手が出した（一杯のお茶の）わずかな供応も受けつけない彼も、喉の乾きには耐えられなかった。

それに、この調査が銀行には関係ないという考えもあった。

「おいしいもんだ」

と、唸るようにアイスクリームを口に入れながら、百五十万円の先を考えていた。

「失礼ですが、この支店へは？」

何気なく巧二は聞いた。

「この五月に移ってきました」

「そうですか」

いきなり、巧二は気がついた。百五十万円は、前任の支店長の勤務先だ。

しかし、巧二は確かめなかった。何故なら、この支店長も、自分が調査にきて、預金を調べたことを、きっと佐伯に通知するだろう。余計なことは、言わない方がいい。巧二の調査方針まで感付かれたら、もうおしまいだ。この収支は、個人のことだから、会社に関係のないことのように、辻褄を合わせてしまうだろう。

巧二は腕時計をみながら、

「これからが、勝負だぞ！　佐喜多商工を完璧な方法で調査しよう。しかし、これは感情の問題じゃない。是認決議だってわずかな蟠《わだかま》りもなく承認書類をおこしていいのだ。俺の気持としてはただ笑われたりしないだけなのだから」

と、脳裏にいい聞かせながら腰を上げる。

四時十三分だった。

第四章　割り勘

中耳《ちゅうじ》のあたりで、ラテン音楽がせつなく響いていた。ちょうど、巧二を胴震いさせる興奮に巻きこんでいく音律が、鼓膜の中で、（税メンとして仕事に忠実な）熱風となって、暴れ巡っているときだった。

彼の脳という小さい個室に、とにかく、つめこんである佐喜多商工の調査に必要な、覚え書きの資料は、苛立たしい感覚に追い掛けられながら追求し整理されていく。

時間は、無造作に経ってしまう。

やがて、机の上は、屑籠の中を放り出したように書類が散り重なっていった。

「よーし」

巧二は、引出から、薄よごれた申告書をもう一度出し、机にそっと置いた。

「佐喜多商工株式会社。代表取締役……佐伯伝三……か」

いきなり飛び込んでくる数字の配列を追う巧二の眼の色には、別に、つきつめたものはない。その気持の程度にしてもあいまいなように見える。疑問などどこにも見当らない申告書の数字がそうさせるのだろうか。しかし、不連続線状の彼の神経が、やがて真剣になり視神経を刺激しはじめた。瞬を忘れた視線は、何かを探しはじめていた。

算盤の玉を、半ば習慣といった手つきで弾いていくうちに、緻密に計算された申告書の数字が、きらっ、きらと反射して、巧二の神経を麻痺させてくるのだった。

ふうっ、とつく溜息のあとの咽喉が味気なく乾いてくる。

ビールを呑むように麦茶を一気に干したとき、いきなり署員心得と貼出されている壁に眼がいった。

一、親切──業者と互いに理解の上。
一、妥当──業者の身になって課税。
一、協力──業者の語を洩らさず聞く。

巧二の気持には、やはり反抗がむらむらと湧いてくる。不服そうに鼻を鳴らした彼は、時計をみた。午前十時四十分。

鞄に、念を押すように調査に必要なものを一つづつ入れはじめる。申告書、税歴表、算盤、資料箋、万年筆、写し、用紙、……等。そして脳の個室に密封してあったメモ。どれもが、調査の足掛りになる必要なものなのだと自分に言訳しながら億劫そうに腰を上げた。

「調査へいくのかい?」

顎を肘立てに預ける高見がいった。

「ええ。たまには仕事をしましょう。眼の醒めるような」

彼はきっぱり言った。灰色にすくむ壁が吐く熱気が汗を呼ぶ。むっとする人いきれ、誰もが、自分の弾く算盤の音に苛立っているようだった。

「藤崎君。気になっていたのだがね、はて！　いつだったろうか忘れたが、君は税法は無茶だといっていたが」

と、高見が話しかけてきた。

「……」

巧二は答えなかった。しかし、〝無茶だ〟といった生半可な批判など、この瞬間に彼の感覚の隅から吹飛んでいた。

「税法という奴はね。女房みたいなもので、いつも、僕達のどこかに絡んでくるのだ、そして妙に理屈ぽく、ヒステリックな我儘をいうんだ」

「はあ？」

巧二は軽くいった。税メンとしての職業意識が、感覚が佐喜多商工の数字だけに感応していた。

「最後には、つまり、言うことを聞いてしまう。適当にな。この適当という奴がこれだけが僕達に許された抵抗さ。ハハッハハハ」

高見の甲高い笑いを、背中で聞き捨てた巧二は、額の汗を拭いた。

ところが、巧二が署を出た瞬間から彼の気紛れがはじまっていたようだ。せっかく意気込んで足を向けた佐喜多商工を素通りしてしまい夢遊病者のように銀座に足を延ばしていた。

東京のダウンタウン。

そこには、青と赤と黄の区別のはっきり分れた反射光が多過ぎる。ゴーストップが、独善者のように明滅する。ある意味からくる興奮の渦を撒き散らす雑踏。

その埃だらけの空気を吸っている街路樹の枝が、小児マヒのように揺れていた。

やはり巧二の心の中では、何かがもがいている。

——俺はどうして、こんなところをうろついているんだろう？

巧二は、そんな自分を不思議に思って反問してみる。それは、蜘蛛の巣に囚われて必死に悶え、苦闘する蝶に似た感覚で、精一杯に羽搏いていた。

「あの会社は恐らく是認だろう」

と、決めていた。仮りに予測に鋭く食いこんでくる懐疑とは違う職業意識からくる感情の発展。そして、また佐喜多商工を調査するには、心の準備も資料も足りないという不安が交叉した興奮が、巧二をとりとめのない世界へ誘っているのだった。

「……」

いきなり、巧二を嘲笑う自分の一部分が欠伸を噛みころさせた。

彼の眼に涙だけが残った。ふっと、銀座の街並がかすんだ。

擦れ違った女の肩が、巧二の胸に流木のようにぶつかって通り過ぎる。雑踏のわりに道が狭い。それだけだろうか？　振り返った巧二の眼に、大きくV字にカットした素肌の露光面が〝軽い行摺《ゆきず》りの接触も満更捨てたものでない〟と微笑しているように映った。

——いったい、俺はどうしたというんだろう。日頃は、もりそばを食べるぐらいにしか感じない調査に、これほどもたつくとはと、それが自分自身にも不思議なことなのだ。

密告があったわけではない。脱税の匂いがするわけでもない。

——調査に行け！

どこかで誰かが、巧二に烈しく命令していた。

巧二は、真剣な表情で佇んだ。

そのとき、彼の気持が暗転し、いきなり強い光、蒼い反射光が胸一杯に拡がった。それは小説の一章から二章へ読み移る感覚だった。再び、巧二は佐喜多商工を冷静に調査する気持になれた。

巧二は、その気持をセコンドを刻んで積み重ね、盛上げるように整調しながら佐喜多商工へ戻っていった。

二十分の後。

巧二は、佐喜多商工の応接間に通されていた。腕を組み、唇を噛んでそり返ってソファに腰を据える。

暑さを忘れさせるこの部屋の窓から投影する反射光は素晴らしい肌触りである。

職業意識は恐ろしいものだ。巧二に限らず税メンの誰もがそうだが、会社に足を踏入れた瞬間、その会社の裕福な度合が、肌ざわりとなって判るのだ。

「相当、貯めこんでいるな」

巧二は、小さく呟いた。

その時、ドアが開いて、若い男が入ってくるなり、ぎこちなく腰を折った。室内温度の調節が、ボタン一つで出来る部屋に対照的な、背広が板につかない社員だった。

「早くしてくれないか」

巧二は早口でいった。

「は、はいっ。只今、すぐ課長がまいりますから」

「帳簿だよ」

追打をかけるようにいった。

「只今」

「本物を持ってくるようにね」

「はっ？」

巧二を振り向いた顔に、小さい憤りの色が浮かんだ。

「帳簿のことさ。二重帳簿という奴だよ」

「さあ」

言葉尻をつかむこと、これも調査方法の一つなのだ。巧二の神経は極度にしびれていく。一喜一憂にも鋭い視線を逃がしてはならないのは当然のこと。何かのきっかけを探し当てることが是非必要なのだ。

「ごまかして、B勘定にしている分があるだろう？」

巧二は、精一杯のけぞるように胸を張り直して言った。抛《ほう》り投げる口調だった。自分でも判ったその嫌らしさを、指の爪をしきりに噛みながら巧二は打ち消そうともした。

社員は、それまで耐えていた若さをいきなり爆発させた。

「そんな、ば、馬鹿げたことをこの会社がするものか」

と、慄える唇でいった。
二、三歩、巧二に近づいた若い社員は、握った掌を腰に構え、睨んだ眼に殺気が漲ってくる。

巧二は、瞬間、ビルの屋上から突落とされるような危惧を感じた。

それほどとは予期しなかっただけに、思わず慌ててしまった。手がぶるぶる慄え、若い社員の闘志が大きく迫った。

電話だ！

一一〇番だ！　と叫んだ。思わず掴んだ受話器から、もしもしと女の声がした。

ダイヤルに手をかけた巧二は、はじめて、

——そうか交換台があったんだ。

と、気がついた。しかし、わざと
「公務執行妨害だ一一〇番へ繋いでくれ！」

そうはいっても、連絡して貰う気持はない。もちろん、交換台にしたところで繋ぐ筈はないと計算の上で怒鳴ったのだ。こういえば若い社員は引き下るだろうと考えた。

「は？」

「税務署の藤崎だ」

その時。

「くそっ」

叫んだ。荒い息を吐く社員は躍りかかってくる。巧二の胸ぐらを鷲掴みにした。その顔が、大きく覆ってきた。

巧二から受話器をもぎとるなり、烈しい血の逆流を顔中に走らせて興奮する若い男は巧二を睨みつけながら、

「お望みだ、一一〇番へかけてやれ！」

と、怒鳴った。

乱暴にドアが開いた。長身の男が仲に割って入る。

「君！　何をしているんだい！　失礼じゃないか。えっ」

「専務。放っておいて下さい。こういう奴を虎の威を借る狐というのさ。弱いものをいじめる卑怯なことに我慢が出来ないので」

若い男は噛《か》みつくように前歯をむきだして言った。

「そうはいかない。出ていきたまえ」

「喧嘩を売ったのは僕じゃない。この男だ。判って下さい。この男のほうから、けしかけてきながら何が公務中だ、聞いて呆れらあ」

「君、君」

二人は、しばらく縺《もつ》れ合っていた。巧二には、それが馴れあいのように映る。はたして、専務の弱い力で押されていく。しかし、その肩越しに、巧二を睨み返した視線には、鋭いまでの憎しみの感覚が潜んでいた。

「夕涼みするときには、精々、気をつけるんだぞ」

古い捨て台詞だった。

専務と呼ばれた男が、ドアを閉めて向き直ると、世辞ともつかぬ、皮肉ともつかない、軽い笑いを頬のあたりに浮かべ、卑屈な足取りで、テーブルに両掌を揃えて置いた。

「いやはや、どうも」

いかにも申し訳なかったという挙措を冷静に判断する余裕が巧二に出てきた。

——おどかしをかけたな。とは少し邪推が過ぎるかも知れない。巧二は思った。しかし思い過しに越したことはないし、それに……はてと、巧二は、腕を組むと目を瞑《つむ》った。記憶にある男だ。巧二は、中枢神経を絞るように考える。専務の顔をまじまじと見詰めた。

どこだろう。どこかで擦れ違った男かも知れぬ。しかし、このきざな印象は、強烈に残っていたのだ。眼鏡にかける手つきがいかにもきざな感じ、この感じが残っているのだ。

「専務の佐伯です」

「息子さんですね」

「そうです。社長はもう隠居です。仕事は私が一切……」

と、眼鏡に人差指をかけた挙措が記憶を繰る糸となってふと、微かな瞬間を引摺り出した。

「そうかい。競馬場で擦れ違った顔だ！　ふうん判ってきたぞ。あいつ、美咲もぐるだったんだ。競馬を利用して俺を陥し入れようと計ったに違いない。しかし、失敗したわけだな。畜生、俺はついてるんだ。すると、この青色も危ないもの」

と、巧二は、いきなり眼の前に青空が拡がっていくように思えた。

しかし、それ程気にすることでもあるまい。済んだことだから。と、巧二は素直になろうとする気持をせきたてるように、

「さあ、調査を始めましょう」

と巧二はいった。

「もう少々お待ち下さい。只今、課長が帳簿をお持ちする筈ですから。恐れ入ります」

佐伯は、また、きざなポーズをつくるようにもう一度眼鏡のふちに挙げた指を延ばして、ボタンを押した。

老眼鏡をかけた課長が帳簿を重そうに抱えて入ってきた。

売原簿、買原簿、金銭出納簿、商品台帳、総勘定元帳、補助簿、原票、伝票、仕訳日計綴……等。机の上に無造作に重ねられていく。

「どうぞ」

用意が出来たが調査が出来ますかい。と、巧二を軽くいなすように、佐伯はいった。

巧二は、帳簿を睨み付ける。彼の肩が波打つ。

用箋の表面を、鉛筆の先で、神経質そうに、小突きながら、左指先にふっと息を吹き帳簿を器用にめくっていく。

氷山の一角に辿りつきたいという、いじいじする不快な塊りが、脇腹をうろつきはじめる。奇妙な自信はあった。

たしかに、数字には特有の匂いがある。

巧二は機械の正確さで、その数字をより分けていく。

一・八・三・九・九……七・二……と並んでいるその配列。

売上差益の問題。その%は？　修繕費、交際費、そして消耗品の限度は？　売掛金と、その入金状態。買掛金とその支払状況そして銀行当座勘定の動きとの照合。

簡単に視線を滑らせながら、チェックしていく。

どうやら、帳簿上の欠陥はなさそうだ。それは、当り前のことだ。帳簿でミスを出すような失態がある筈はない。もちろん、ミスがあるなどとは思ってもみなかった巧二にそれは別に不思議なことではない。

「なあーに。これからだ」

巧二は、ぶつぶつ言いながら、画廊に入った観客のように帳簿という画の一つひとつに素通りし、ぴたりと視線を注いでピックアップする数字を抜き書きしても、何も探し出せる見通しはない。

「これ以外の帳簿は?」

いきなり佐伯に聞いた。

「おかしな質問ですね全部あるでしょ。うちは青色なのですからね」

数字の世界。

一・二・三・四・五・六・七・八・九・0……が、それは、個々には無表情に過ぎない。が、集まり、並び、重なってくると、しきりに燥ぎはじめる。そして、巧二に、笑いかけ、真剣になり、あるいは小馬鹿にした態度をしめし血がかよってくるようだ。

「完璧ですね」

巧二は舌打しながらいった。

「うちは、経理に税法もしっかり検討するよう申しつけてあります。税法も商売のうちですから」

佐伯は声を弾ませながらいう。

巧二は、帳簿から帳簿へと眼を、神経を移していく。そして、唸った。

「利益率は？」

「さあー、どのくらいでしょうか。さきごろまで憶えていたのですが済みませんが、ちょっと計算して頂けませんか」

「しましたよ低いですね」

巧二には計算が出来ていた。

「貿易業者としては、利潤のあがっているほうですが」

首をひょいと捻った佐伯を覗いた巧二は――そら知っている。利益率にまで手が入っている。と睨んだ。

誰にも、盲点には弱いという。それぞれに死角がある。

巧二は税法に疑問を抱いている。だから、その税法に照らし、あまりにも欠点がないと、反発するようにおかしいぞと思ってしまう。

こんな場合――。いつもの巧二ならば〝是認〟してしまうだろう。疑問という勝手な蟠りなど、蚤を殺すように押しつぶしてしまう。しかし、佐喜多商工に対しては雑草のように芽生える疑問をむしり取れないのだ。やがて、真剣に取組んでいった。

理由は？――ない！　原因は？――ない！　はっきりした定見などありゃしない。

競馬場以来、しつこくつきまとう老人の佐喜多商工は脱税しているという中傷が気になるのか？それとも巧二の成績が上がるのだろうか？　脱税を発見して、美咲に涙で掻《か》き口説かれたいのか？

「違う！　違う！」

巧二は頭を振って自分の反問に懸命になって否定した。

――すると……なぜ？

――判らない。

帳簿監査。

このくらい神経を摺《す》りへらす仕事も少ないだろう。勢い、彼は、税メンとしての感覚だけを信頼して調査する外はない。

ひととおり、提出された帳簿をめくり終った巧二は、最後に見終えた補助簿をぱしっという音とともに閉じた。

「今日のところは、これで切り上げます」

巧二は渋い表情で腕時計をみた。

三時五十分だった。

「よろしかったでしょうか」

佐伯の顔がふっとゆるむ。

「このつぎは、と……来週の月曜日にまいりますが、御都合は?」

「差し支えありませんが」

「午後にしましょう」

「判りました。どうぞ納得のいくまで」

佐伯は、若さを少し顔に出した。

「そのとき用意して頂くものがあります。ごく参考までに社長さん個人の取引を拝見したいのです」

巧二は、彼の言葉の皮肉の中身を窺うように言った。

「父のですか」

「そうです。社長さん個人名義の銀行口座です」

「父のへそくりというわけですな、無いでしょう」

佐伯は冗談まじりに、しかし、きっぱりいい切った。

「無いものまで出せとは言いませんが、とにかく、普通預金通帳と、小切手帳を準備して頂きましょう」

巧二は、そう言い終るとゆっくり煙草を咥え、静かに腰を上げる。

佐伯は、バーの女給のように素早い手付でライターに火をつけて出しながら、

「承知しました」

と、言った。

「間違うと、会社に影響するといけませんから、社長さんにお聞きになって下さい。とにかく、一応確かめて頂きたいですな」

巧二は、ドアの把手に手をかけながら言った。

「それから……」

佐伯は、振り返った巧二に卑屈な笑いを投げて話しかける。

「調査は調査としていかがですか？　今晩、おつきあい願えませんか」

低い声だった。

「ご好意だけで結構です」

と、背を向けた巧二に佐伯は、重ねて誘いの言葉を続ける。

「いかがです。ただのお友達としてですが」

「お友達として」

と、巧二はわずかに首を横に振ると、

「むずかしい言葉を使われますね。割勘という意味なら、ご一緒しましょう」

「じゃ、何時に？」

「今日は先約がありますのでこのつぎにでも」

巧二は、心の中で佐伯のいたずらぽい計画を反撃するように断った。

「明日は？」

「いいでしょう。割勘で、大いに燥ぎましょう。が、確かな約束は出来ませんね」

巧二は人が変ったように丁寧に言った。

その時――。

誘いに乗ればしめたものだ。つまりは税メンなんて甘いものさ！　という図太い表情がわずかに佐伯の顔に浮かんでいた。

巧二は、佐伯のそんな心の動きを見逃してはいなかった。

女が、はじめての男に誘われるとき、いろいろな思惑があるだろう。危惧を感じた場合は、なおさら興味に惹かれてしまうに違いない。そんな感覚で、巧二は佐伯に誘われた。

誘うほうにも、誘われるほうにも目的があることはもちろんである。しかし、巧二は昨日、無意味な時間を持ったに過ぎなかった。

佐伯の酔った口から、佐喜多商工の裏に潜んでいる数字の匂い（脱税）を嗅ぎ出そうとした計画は見事に外された。

佐伯は、遊びなれていた。巧二を接待していることなど、忘れてしまったように女を笑わせ、飲みつづけたのだ。

「飲みましょう」

二言目には佐伯は、こういって巧二とコップを合わせた。

意識が過剰になっていた巧二は、自分の非力に結びつく敗北感から恥ずかしくなった。

昨日のことは、それだけしか思い起せない。二日酔に軋む脳の中枢で烈しく困惑しているだけである。

ぐっと胸につかえる淋しい感情。

それが、何であるか、何故か、判ってはいない。ただ、机の上に拡げた仕事に手がつかないというだけだった。

佐伯にしてやられたという、耐えられない自分への嫌悪。蒸風呂のように暑い空気にも、いささか閉口していた。

「割勘でいきましょう」

と、いった自分の言葉を、忠実に裏書きしようとすることが、急に馬鹿らしくなってくる。誘われて遊び回ったのに、その金を返す必要などない。

それ、巧二が逆立ちしたところで佐喜多商工の申告を非認して脱税額を計上出来そうにない。金を払うのも損失だ。と、すればご馳走政策で、つい手心を加えてしまったのだ。と、相手に思わせておいたほうが、巧二の面目は保てるのである。

「ま、いいさ！　俺は疲れきってるんだ。とにかく一休みすることだ」

巧二は、素早く署を抜け出した。

仕事をさぼろうという負目がタクシーを呼びとめる。ものの二、三分で自動車は管外へ抜け出した。

その翌日。

佐伯は巧二を誘った。巧二は素直に梯子《はしご》で回る、店、店、店についていった。

三日経って、また、佐伯は巧二を誘った。

第五章 新株

木曜日。

京研産業の株主になるために、木曜日に会社で山岡氏に逢うこと。

巧二は、手帳のメモから約束を思い出した。

これは忘れてはいけない日なのである。彼が、仮りに国税局の調査官になり、「京研産業株式会社」の所得税の模擬調査をする手筈を約束した日だ。

今日は木曜日である。

ところが、その約束は先週の木曜日なのである。

金儲けを忘れるだろうか。しめくくりのない彼の性格が約束を忘れさせるのだ。

巧二は、しかし、一流のずぼらさで京研産業へ行こうと決める。一年のうち二十日という有給休暇は、もう半分しか残っていない。もう休めない。昼の休憩時を利用する外はない。

そんな心づもりで出勤したものの、午前中に一件ぐらい片付けようという予定は、相手方から外された。

三件ほど呼出しておいた、その一人も署に来なかった。税理士が都合が悪い。病気である。と簡単な延期理由が電話で知らされた。

「ついてない」

巧二は、出署依願の通知を三件書きながら吐くように言った。

このところ二日酔が続く。

佐伯と昨日も朝方まで飲みまわった経路が、巧二の中で山手線のようにぐるぐる回っている。銀座から新橋へ行き、渋谷、新宿、池袋へ、そして上野……女が消え、ネオンが消え、習慣のように呑み、一番電車の警笛を合図に別れた疲れが、関節の隙間で唸っている。

巧二は京研産業へ電話をかけた。山岡を呼んで話かける。案の定、――迷惑だ。といわぬばかりの返事だった。

当り前のことである。約束を破られ一週間もして電話をされたところで、よい返事が出来るものではない。

巧二は迷った。外にも儲け口はあると割切るのも早い。しかし、図太いねばり強い神経も彼の体の一部に潜んでいた。それが、むくむくと頭を持ちあげてくる。

昼休みが待遠しかった。

巧二は、佐伯と付合いはじめてから、高見の眼がやさしくなったような気がする。気のせいかも知れぬ。邪推だろうか。二日酔いの頭を抱えている巧二に気が付かない振りを装っていたことは確かだった。

巧二に電話がきた。山岡が、思い直したやわらかい声音で、

「お待ちしております。会社の自動車を差し向けます」

と、巧二が驚くほど折れていた。巧二は、京研産業へ自動車を飛ばした。

下町の塵を抱えこんだ快晴の空、突き抜けてくる紫外線が、巧二のネックにしみる。

くらっと眉間を襲う暉《ヒカリ》。

そこに重なる一万円札の束が、輪転機にかけられたように回る。が、それほどに疲れているのに、案外、巧二の神経は、外科医のメスのように鋭く切れはじめていることを彼自身は知らなかった。

会社の受付の前に立った瞬間、巧二は、いつも自分が、招かざる客といった、うさん臭さい眼で睨まれる苦痛を味わうのだが、今日は、はじめて暖かい視線を注がれ気持が浮き浮きしていく。

廊下の絨毯の感触もいい。

「少々、お待ち下さい」

と、いった声にも親しみを感じたほどだ。と、部屋から消えた女の匂いが残っている空気を煽るように、巧二はソファに寝転ぶ。

エレベータで、一気に七階から降りるように、いきなり、深い眠りに陥ちた。

二分。三分。……六分。

神経は、巧二の体から遊離した。

わずかな時間だった。しかし、その神経がすぐ彼の体に戻ってくる。鋭い、叫ぶような耳鳴りが合図で眼を醒まさせた。

空虚な気持が、反射して吹飛ぶ。その体に鞭がくい入ったように驚いた巧二は、ドアの外に聞こえた静かな靴音に跳ね起きる。

「先日はどうも」

「どうも」

山岡と巧二の二人は、テーブルを挟んで軽く挨拶を交わした。

巧二は、いきなり、腰を上げると部屋の中を歩き始めた。そして、税メンとして閃く神経の一つひとつを噛《か》みしめているうちに、巧二の顔は、やがて引き締っていく。

「さあ、これから一つの勝負が始まるのだ」

巧二は、また、歩き回りながら思った。業者への暗示。これをどこまで緻密に計算し、咄嗟の言葉で誤魔化していくか、それが脱税を発見する糸口になるだろう。この技術にしても、調査官に負けるものか、と、巧二は、自分に執拗にいい聞かせるのだった。

そのためには、この瞬間から言葉を分解し数学的、会計学的に明瞭な方程式をつくり、そして、証拠と脱税金額の算出への段階にしなければならないのだ。

常務という肩書に満足しているとばかりにソファにのけぞる山岡の眼の片隅に僅かな翳りが浮かぶ。八の字に下る目尻に巧二の力量を疑っている皺があった。

巧二は、烈しい敵意を感じた。

「まことに申し訳ないのですが、会議を中座してご挨拶に伺いました。もう一時間ほどお待ち願えないでしょうか」

山岡は、丁寧にいった。

「待ちましょう」

忙わしげに出ていった山岡と入れ違いに、受付の女が、

「お相手に」

と部屋に入ってきた。

巧二は、茶を一口啜《すす》った。そんなとき、理由もないきっかけで、佐伯に誘われた昨日（割勘でといった）巧二にくどいばかりにむけた佐伯の歪んだ唇がクローズアップしてきた。

「現金封筒を買って来て頂けませんか」

と、女子社員に頼んだ巧二は、二万五千円を送ろうと今朝から決めていた金をテーブルに置いてペンを走らせ出した。

——昨日までの費用の半分にもならないでしょうが身勝手な推定から負担させて頂く金子をお送りします。（友達として遊ぶ約束を）履行するだけですから、お納め下さい。赤坂を振り出しに銀座の西から東へ、そして、また、西に戻り、新橋。ところが、新宿の場末のバーの止り木に腰を据えたときのことをあまりにもはっきり憶えています。それが何であるかは申し上げません。佐伯さんに憶えがあると思いますからなのです。私の腕時計は十二時十八分でした。おわり　巧二——

ペンを置いた巧二は、未だ二万五千円を送ることに未練を感じながら、指の関節をぽきっぽき鳴らした。

是非、送金しなければならないのだ。

彼自身、税メンの臭いが消えないのだから、佐伯にしたところで業者対税メンの関係を忘れて酒を呑み歩くことは不可能なことだったろう。しかし、巧二は、その鋭い感覚で、何もかも知りつくしていた筈だ。何を？　ごまかしようのない人間の底辺を流れている濁った淀みを知っている。それは、巧二の毎日の行動につきまとっている感覚、即ち後ろ指をさされているような卑屈な気持からの邪推もあるだろう。しかし、業者が税メンを（言葉の綾を使いわけながら）招待する心の動きの複雑さに苛立ちながら、強いて笑顔を作っていることは間違いのない事実なのだ。

佐伯もその一人だった。

呑み歩いているうちに酒に酔い、理性を失って、

「ああ嫌だどうしてこんな男と……」

という表情に唇を歪めた佐伯の顔、十二時十八分の表情を巧二は、はっきり盗みとっていた。

「それなら、なぜ誘うんだい」

巧二は自分に聞いた。決っているじゃないか税金の調査が煩わしいからだけではない、脱税があるのだ。と、巧二の体のどこかではっきりと反射するように答えてくる。

「いってまいりました。これでしょう」

「どうもありがとう」

巧二は愛想笑いを浮かべて言った。

「どういたしまして、それから、おいくらご送金なさるのですか、切手も買ってきましたの。ついで

に」

ずいぶん、手まわしのよい女だった。巧二は、宛名を書くと現金を素早く入れて封印した。

これでいい、ときっぱり自分の気持を整理するように目を瞑った。

京研産業は佐喜多商工よりふたまわりも、みまわりも大きい会社だということを証明するように、三人掛りで帳簿が運ばれてきた。これから駆引の一段階が始まる。

模擬調査の成行きを、ずるい眼で見ようとする山岡は、窓際に椅子をさげて腰を据えた。

先刻まで相手をしていた受付の女が茶を入れかえる手付をみていた巧二は、その視線を上げ、重い沈んだ口調で、

「はじめましょう」

と、言った。

巧二は息をつまらせた。

眉をしかめ、背を丸くして二、三度、体を揺り動かした。

「これから一時間で終ります。実際の調査は、納得のいくまでかかるでしょう。しかし、私は立場が違います。これだけは断っておきます。例えば棚卸資産について、もし疑問があれば、決算日の棚卸

以後の一つひとつについて、伝票を調べるでしょう。しかし、その時間はありません。商品の出入りは正確でしょうか。いや疑いを持たれるような、派手な遣り繰りはないでしょうね」

「それも見ていただきたい」

山岡はいった。

「まあ、やれるだけやってみましょう」

巧二は、小口現金の頁をめくりだした。誰の眼にも調べてるとは思えない早さだった。山岡の眼に不安の色が横切った。

巧二は矢継ぎ早やに質問をした。しかし答えは聞く必要がない。熱のない態度で次の数字を、次の頁に移っていく。と、二人に、売原簿を一人に買原簿を持たせ、

「君！　×月×日の仕入は？……それから君！　×月×日の売は？　その相手先、数量は？」

「……」

「早くしてくれ」

「あ、ありました。△△商店より……」

「□□商店へ……」

同時に言い出して一人が噤《つぐ》んだ。

「構わんよ、どんどん言ってくれ。聖徳太子じゃないから七人とはいかんが、二人の言葉ぐらいは聞き分けるさ」

「素晴らしい特技ですね」

「お世辞は抜きで、さあいこう」

巧二は、資料を、次々にチェックしていく。

資料を、あらゆる角度から利用して追求していくのだが、相手がまごついても、

「この数字を控えていてくれ。いいかい、×月×日五万二千四百円……相手方……。次は……」

「ちょっと待った」

それまで腕を組んでみていた山岡が腰を上げていった。

「何ですか」

振り向いた巧二に、近付いた山岡は、彼の手にある資料をのぞきこんだ。

「もうすこし追求してくれませんか?」

「それはまずい」

と巧二は言いながら資料を隠した。

「どうして」

山岡は、心外だとばかりに唇を尖らしていった。

「俺も、いや私も、税メンの一人ですよ。脱税が出れば、そのまま見逃せませんからね。その気持はデリケートでしょうが理解してください。この資料の数字は全部、記帳されている筈です。それで結構じゃないですか。それに、私の質問にすきっりした答が出れば、どこを疑えというのですか？」

巧二は、挑むように傲慢にいってのけた。

——いやならよせ！

噛《か》みしめた口の中で叫んでもいた。

国税局の調査官にも負けない調査をしてやろう。といった巧二の気持のなかで蠢《うごめ》いていた、意欲のわずかな影もなくなっていた。それは、もし自分が追求した調査で、京研産業の脱税がはっきりしてきた場合、この商取引をする気持がなくなってしまいそうな不安があったからである。新株二万株の魅力は、あくまでも大事にしておかなければならない。しかし、彼の気紛れと、時折みせる判らない職業意識が、体を、脳を支配しはじめないとは自分でも決められることではないと、思いなおしていたのだ。

「お前達が、それで判ればいいが？」

山岡の眼は、三人の課員に向けられた。

「想像出来ますが……。会社としましてもその方が都合がよいと思います」

と、渋い顔で見合わせた一人が山岡に眼で合図しながらいった。

「ところで常務さん……×月×日の機密費。金額は、帳簿に出ていりますか？　そして、相手の会社は？　それから八カ月経過していますがその会社との商行為はどの程度になっていますか？」

「……」

「こんな調査方法は調査官はとならいでしょう、素人じみてますから……しかし、こうした方法があるのです。徹底的に追及せよといわれるならば、この点から入っていきたいと思いますがね……山岡さん」

「機密費をどう使おうと私に決められた範囲で使うのだから構わんよ」

「じゃ、お聞かせ下さい」

巧二は膝を乗出していった。

「計上はしてあるのだからいいだろう次に移って下さい」

「ハハッハハ、調査方法に方程式はないのですから答は作っておいたほうがいいと思いますがね。相手は」

「あなたに調べがついているのかね、まるで私立探偵だウフッフフ」

「俺が、いや私は、とくに調べたのです。しかし調査官だってそこを追求しないとは限らんでしょう。しかし素人じみた追求過ぎるし……まてよ！　だが、壁に耳ありともいいますね総てに、理由と結論は必要じゃないでしょか」

「判った。ご忠告として聞いておきましょ」

「そうですか」

巧二は、微笑を含みながら三人に向きなおり、メモを読んだ。三人が、それぞれ写し終ったとき、

「際どい帳簿操作を補足している部分がきっとある筈です。相手方の連絡はしっかりとること。それから銀行取引のうちで隠す取引銀行は一時解約しておくこと。まあ、こんなところですが、どうです少しはプラスになったと思われますか」

「……」

「よろしい。答えないほうがいい。私も税メンの一人だからね。書類を持っていって下さい」

山岡はあまりの簡単なことに出す報酬としては高価のようだという顔を露骨に出して一枚の書類を巧二にみせた。

当社が次回増資の際、その新株、二万株の引受権のあることを確認いたします。山岡の捺印があった。

「では、その節はよろしく」

「そのことで少しお話があるのです」

と、山岡は巧二に目配せすると、彼の部屋に誘った。

「……」

巧二は、眉をひそめ山岡と並んで窓際に立った。

「実は、隠しだてなく申し上げましょう。取締役の間で、藤崎さん、あなたに新株を差上げることについて問題がこじれましてね。私は苦しい立場に立ってしまったのです。挙句ですね。私は苦しまぎれに、帳簿外に藤崎さんよりの負債が四百万あると言ってしまいました。この際、どうでしょうあなたの関係会社からでも一時的に、その証拠を作っておかれると都合がよいのですがねえ」

山岡は巧二の横顔を窺いながら、耳もとで言った。

「すると、その条件を呑まなければ……と、おっしゃるのですか」

と、巧二は憤然となった。

「私も苦しい立場です。藤崎さんにお骨折り頂いたこと、それに男と男の約束でもありますし」

山岡は、くどくどと弁解をする。

「……」

「判って頂けませんでしょうか？」

「私にそんな大金が」

「ですから、一時的にもと申し上げているのですが」

「判りました。探してみましょう」

「お願いします。私の男が双方に立ちます」

山岡は、しきりに腰を低く、そして笑顔を投げながら巧二に哀願するのだった。

巧二は自分の預金高が四百万ということに胸を突かれた。そこが勝負どころだと思った。

「十日ほど猶予をいただきましょう。四百万をお宅へ入れましょう」

と、巧二はいうと腕時計を睨んだ。

六時四分。

署に戻っても仕方ない。

流石の巧二も仕事をしないで、タイムカードに帰署時刻をうつのは気がひける。

「ナイターにでもいこう」

巧二は、気分転換の意味で後楽園に行くことに決め山岡の部屋を出た。

山岡は、巧二の背を廊下で見送りながら、しばらくの間、爪を噛《かじ》りながら突立っていた。

ナイター。

後楽園スタジアムは涼風がやさしく肌を撫でる夜気に浮き上がっていた。天然色に浮きあがる萌黄とチャコールグレーの地表に画れたダイヤモンド。白線はポールに吸われ真黒い空間へ延びていた。

スコアーボードに並ぶ０・０、０・０。巧二は、攻守の鮮かさに人生を感じていく。打者のウイークポイントへの投球は一分の狂いもない。見事なコントロール。

いきなり、魔に憑かれた指が球道をかえる。一仄。バットが振れる。

〝カーン〟

快音はバックネットに響いた。と、地表に噛みつき、烈しい球足が三遊間を抜く。

「あっ」

スタンドの眼が静止した。

三塁手のグラブが、手が、仙人のように延びた。――まさか！　しかし、球は？　ノーステップスロー。打者の全力疾走に視線が移る。

ファースト・ミットへ球がワンバウンド。

ランナーは、一塁ベースに駆けこんだ。

それは、感覚だけの勝負だった。

「アウト」

「セーフ」

塁審の感覚の仄き。その瞬間を正確に判定出来たのだろうか？　塁審の右手が、わずかなためらいもなく峻厳を表わすように垂直に上がった。

「そうだこれだ、この感覚だ」

巧二は、手に汗を握りながら税メンの調査に絡ませて教わったように思った。

迷い。たしかに巧二は、佐喜多商工の調査で迷っていたのだ。それは、ふとした瞬間に醒めるものだ。

「申告の書判定に感覚で体当りして、その結果がどうあろうと俺の責任ではないし、それ以上の何も必要ではないんだ。例えば、アンパイアが、セーフ、アウトの宣告以外に勝負には関係のないと同様にだ」

と、繰返していくうちに、巧二の頭の芯が研ぎ澄まされていくのだった。

０・０、０・０。

相変らずの素晴らしい投手戦が続く。

「よう」

いきなり背を叩かれた。

「痛い！　なーんだ、係長か」

巧二は、首をすくめ舌打をした。

「なーんだとはひどい。タイムカードは打っておいたよ」

高見は笑いながら巧二の脇に割りこんだ。

「それはどうも」

「仲々いける場面だね」

「二死満塁。こんなことは滅多にないもの」

主審の感覚が画くストライクゾーンに掠める球。〝ストライク〟巧二は頷いた。

「ここで点が入るかどうか？　賭けませんか係長？」

「よし、千円だぞ！　入らないほうだ」

「賭けた！」

巧二が怒鳴る。二・三……二・三。主審が二度、ピッチャーに向かって叫んだ。

内角へ……少し高目だった。白球はポールに飛んで場外に出た。しかし〝ファウル〟三塁塁審が無造作に宣した。次が、外角。バットはわずかに動いたが、思いとどまった。

〝ストライク〟

スコアーボードに0が重った。その0は複雑な試合経過を説明していた。

また、試合は淡淡と経過していく。

「藤崎君」

「は？」

「実は、佐喜多商工のことだがね。今日、君の出張した留守中にね議員が来たらしい。都会か区会かは知らんが、あまり、くどい調査はしないでくれといってきたらしい。署長からも頼まれたし、早く是認決議を出してくれないか？　それとも、何か出たのかい？」

「……」

「こんな話を聞いてはくれまいが一応、私の気が済むから言わせてくれよ。四年ばかり前は、私も税鬼などと罵られたものさ。しかし、その報酬はなにもないのだ。適当にやった方が得だよ」

巧二は、きっと眼をむいた。

「そうですか。仕事の話は明日、ゆっくりききます。試合をみましょう」

「そうだね。急ぐ話でもない。明日で間に合うことだから」

二人は、口を噤んだ。

巧二はダイヤモンドの投打の駆引に視線を投げる。しかし、彼の神経は試合を見てはいなかった。高見係長も、出鱈目は言うまい。しかし、議員がきたこと、署長からも念を押されたことで大義名分を立てて、くそ！　係長までがぐるだったのか。そういえば思い当る節もある。と、巧二は、いろいろに推察していく。

いきなり巧二は我慢出来なくなった。相手が、そんな出方でくるなら、石に噛《かじ》りついても是認決議は起せない。がむしゃらかも知れない。佐喜多商工の脱税の匂いも嗅ぎつけてはいないのだから、あまりにも冒険過ぎることも判っている。

しかし、巧二は、

——きっと嗅ぎつけてやるからな。

と、舌を噛《か》み切る程の烈しい興奮を抑えられなくなった。

「係長。お先に」

耐えられなくなった巧二は席を立った。

「まだ試合中だよ」

と、いう高見の声を、振り切るように出口に向かった巧二の神経を驚かすように、観衆がわっと湧いた。白球が、右中間を抜き、一塁ランナーが長駆ホームに滑りこんだ、土埃への喚声だった。

第六章　時効

それから三日——。

どうにもならない数字との烈しい睨み合いが続く。

一週間が過ぎた。巧二の神経は、すっかり摺り切れていくようだった。

京研産業の山岡から電話で、調査の終ったことを連絡してきた。あの日とは、打って変った喜んでいる声で、危なかったと、率直に伝えてから都合を聞いてきた。

巧二はそれどころではない。佐喜多商工に乗込んだはじめの勢いは、いつの間にかどこかに吹き飛んでしまっているのだ。山岡の瀬戸際に追込まれた窮地を脱した喜びを祝福しているどころではない。今の彼の頭の中は佐喜多商工のことだけで一杯なのである。

——うまく辻褄を合わせやがったわい。

吐き捨てる自分の言葉にまで苛立っている巧二の挙措を、冷たく、横目で窺う高見の視線を感じながら、彼は、佐喜多商工の調査の順序をそして一昨日の佐伯との遣り取りをもう一度、目を瞑って繰り返しはじめた。

巧二が発見した普通預金口座は、隠さないだろう（銀行と連絡がついているから）しかし、百五十万円を五月三十日に引出していることまでは、はっきりさせないと思った甘い考えが、いきなり覆えされたのだ。

佐伯は、一枚の便箋に、その金の理由を明確に（？）書いて用意していた。

書面にしたところが曲者だった。税メンは同じ尋ねようで、同じ質問を、時間をずらし幾度もするという配慮からに違いない。口の上ではつい違ったことを答えるものだ。

七月三日の残――〝二百五十万円〟は、以前からの繰り越しとあった。

「それは？」

巧二の追及を予期していたように佐伯は、昨日の夜、捏造した作文を読むようにいった。

「戦後のことです。そう、昭和二十二年頃でしょう。大分儲けましてね。なにしろ、当時はご承知のように経済もなにもかもごたごたしておりましたな」

佐伯は当時をわざと振り返るように目を瞑る。

「ほう」

時効にひっかけてきた。巧二は神経を尖らせながら、

「その儲けは？」

と、聞いた。

「は？」

「銀行へ預けてあったのですか？」

「いいえ　私の遊びが過ぎるので、家内が、どこで入れ知恵されたのか知りませんが、金を買えとしきりに奨めるので延棒にしておいたのです。それを売って、この銀行と取引開始したのですが」

「……」

「私個人の金です。会社の隠し利益ではありません。しかし、いまどきは利息もあてにならない時勢ですから、この程度のわずかなポケットマネーがないことには安心出来ませんよ」

事業している肌合を隠すように弱々しく言い、最後を微笑で済ました。

「すると、この動きは？」

「株を売ったり買ったりしました。しかし、さっぱりですわい」

佐伯は他人事のようにいった。

「……」

「証券会社の名前を申し上げましょうか。それから、五月三十日に百五十万引出しているでしょう。

定期になっています。銀行は、前田という支店長が栄転しましたので」

「判りました」

これ以上の質問を、この通帳に対し持ち合わせてなかった。辻褄を合わせたぐらいのことは、税メンとしての経験で判る。しかし、それはあくまでも推測なのだし、

——違う。

と思ったところで追及する資料はない。それに五年という時効を計算に入れて説明されては納得する以外に方法はない。個人的感情は、しきりに抑えているのだが、しかし、調査中に抱く巧二の疑問が、鮮やかな口調で説明され差引を残高を喋りまくられ、隣に立合う税理士が出る幕のない成行きになると、やがて、面白くない感情が、彼の理性を押しのけるように横暴になっていく。

……。

夢から醒めたように巧二は眼をあける。

この瞬間。巧二は、いつものしぶとい根性がむくむくと盛上がってきた。

腕組みを解いて、申告書を意味もなくめくり、そして閉じた。

いきなり、青色の表紙に点々と目立つ汚れが、彼の神経を刺激しはじめた。

そんな彼の気持を、なおさら苛立てるように囲りの連中が騒ぎはじめる。

「暑いじゃないか！」

「夏だからな仕方がない。しかしいまどき冷房のない職場なんてありゃしない。ま、税務署ぐらいなものだろう」

「ばかもの。そんなこと聞かなくたって判ってら、あそこをみろうまいことやって」

調査されている女の体が揺れているのが気になってしかたないのだ。

「いけるだろう」

「ヤッチョルね。あいつは鼻の下が……」

「よーし。俺も呼出しをかけてみよう。網にかかるかも知れん」

「無駄はよせ！　郵便代が勿体ない！」

「おい藤崎君！　聖人面はよせ。みてみろ、いい女じゃないか」

「うるさいな」

巧二は、女を平気で誘惑するくせに、こんなときには、一点に集中した神経を緩めることを知らない、奇妙な律義さがあった。勢い、同僚の顰蹙《ひんしゅく》をかっていた。

この数字の正確さ、国税庁の種別利益率にも符合していることが、やはり、巧二の脳裏にしこりとなって離れない。

「もちろん……無理な数字や、出鱈目なものが、ガラス張りとはいわないが……」

と、口籠りながら、どうしても、二、三日前から疑いはじめた秘密経理室という想像に考えが先走ってしまう。

昨日、提出させた財産目録のなかの青写真を拡げてみたが、〝隠れた部屋〟は見当りそうにない。

やはり無いのだろう。

「秘密の部屋が……どこかに?」

当然、青写真によれば邪推に決まった。

「すると、どこか遠く離れたところにあるいはあるかも知れん……?……」

重ねて、巧二は浮かべる。

絶対にあり得ない。何故なら、不便だし監督が行き届かないからだ。

「是認に落ちつくわけだ」

悩ましいくらいの孤独感が暗い意識となって巧二を包みはじめた。

部屋も暗くなってきた。

「電気がいるぞ!」

誰かが叫んだ。

売掛先資料のつき合わせ。買掛先資料との照合、電話照会。支払、入金状況にも欠陥がなかった。

「仕方ない」

と、巧二は机の引出から決議書用紙を出した。

「いいのだ。俺は、全力を尽したのだ。何も、佐喜多商工に怨みを抱いているわけではなし、例え私情に左右されたとしても脱税の発見が出来ないのだから〝是認〟結構さ！」

巧二は、やっとペンを持った。

部屋は、いよいよ暗くなってくる。彼は、混乱してきた。

「藤崎君！」

高見が巧二を呼んだ。

「……?……」

「もう、そろそろ月末も近いよ。決議書を早く出してくれ」

「強制するんですか?」

「おいおい。いやに絡むじゃないか……頼んでいるのだよ」

高見も流石に気色ばんで言った。しかし、部屋の暗さが、二人の顔色と表情を隠していた。

「出しましょう」

巧二は上唇を下歯で擦りながら、用意していた四件の是認決議書と一件の修正……を作成しはじめた。佐喜多商工の決議を記すのは止めた。

「その心は判っているんだ。佐喜多を片付けろという意味だろう。そうはいかないぞ」

是認しようと決議を起そうとした気持が、また、反逆を起してくる。

巧二は心で〝そうはいくものか〟と繰返しながら、算盤《そろばん》の玉を弾き、数字を該当蘭へ記入していく。

報告文を挿入する手際、作文は、ほんとうに見事なものだった。

十八分経った。

「あと二件だ！」

深く息を吸いこんで、書類にペンを走らせる。ふと、考える瞬間、休んだ手で八本のコヨリを作っていた。

割合、最後の一件に手間どった。

日付を入れて、責任印を無造作に捺してから、ふーうっと溜息をつく。と、その五件を一度、揃えてから、申告書の税務署処理の欄と、社内留保金額を見直した。

いきなり、先刻、記入しはじめていた佐喜多商工の是認決議書を破った。

蒼ざめていた巧二の顔に、幾分血の気がさしていた。

「今月は？」

「もう二件　二、三日中に提出します」

その時。巧二の胸につかえていた高見への反発が、ドライアイスの煙のように消えていった。

しかし、佐喜多商工の申告書は引出の奥に入ったまま月末に近づいた。

タイムカードを押し通勤するだけの日が続いた。

依然。仕事が手につかない日が幾日も続いた。

カレンダーは八月に入っていた。

巧二は、アパートの一室で寝そべっていたが、ふっと思い出して苦笑した。

山岡に連れ出されて、くどいように感謝されたことが面白かった。

「危ないところでした」

「そうですか、私の未熟が……」

「いや！　とんでもない。あなたのお蔭で助ったことがはっきりしたわけです。追及の魔の手、いや失礼。悪気はないのですから……あなたまでが、気のつかない所だったでしょう、しかし私は、経理部長に言っておいたのです。あなたの最後の言葉の意味をよく考えておけ！　とね、それが大成功というわけでね。リベートの問題ですよ、それからお預りした四百万についても新株主になって頂くことも安心して私にまかせて下さい……」

「よかった？　私が役立たなかったのに新株を？」

「役に立たない人に感謝しません」

「それで？」

「今晩いかがですか？」

「また、いずれ新株を引受けた折にでも」

と巧二は、軽くいなした。

業者の気持が、巧二にはいよいよ判らなくなっていった。しかし、巧二は四百万の金が、いくらに殖えるかだけが問題だったし、それは、考えないことにしていた。

「あなたを信用してお預けした四百万です」

「ありがとうございます」

と、これだけ。

山岡との会話を、また、思い出した巧二は、肘枕を寝かせて「判らん」と小さく呟いた。

小さな部屋は、窓を開けていても暑苦しい。

六時の時報。

隣のラジオが壁ごしに教えてくれる。

——そうだ。あの山岡の京研産業も上場となると操作をするだろう。しばらく、あの会社だけでやってみるか⁉

巧二は、大株主になったような錯覚に思わず相好が崩れた。優柔な倦怠に襲われはじめたのだ。

そのうちに、巧二は、睡気に包まれてうとうとと気持がよくなっていった。

「一金、四百万円。たしかにお預りいたしました。藤崎巧二殿。山岡鉄郎。昭和……」

という証書を持つ指先から力が抜けた。

「ごめんください」

巧二は女の声で起された。

「どうぞ」

美咲だった。

「しばらくじゃないか」

仮寝から醒めた眼をこすっている巧二にはおかまいなしといった恰好で靴を脱いだ美咲は、

「ご遠慮なく……」

と、自分でいいながら部屋に上がる。

「よく判ったたね、ここが」

「ねばり強いんだ、私は！　余程、あなたに聞こうと思ったけど癪じゃない……でも、とうとう見付け出したわよ」

美咲は、横坐りに足を投出した。体を支える右腕が柔らかく撓《しな》った。

「用は？」

「……ただ来てみたかっただけ、異性の一人暮らしに興味半分ほどあったかな」

「違うだろう」

「じゃ、どうして私が訪ねて来たと思う？」

「ご本人が一番よく知っている筈だよ」

巧二は目を瞑った。

今まで抱いていた美咲を情欲の相手としてという感情が、彼らしい気紛れで好意に変っていく。

瞬間。

また、変貌した。

恋ではない。火遊びの意味で興奮の火が、巧二の脇腹で燃えだした。虚栄、自尊……とか、あらゆる蟠りを表面に出さない美咲にも羞恥の特権だけは表現する本能があった。

巧二は、スピードアップして暗くなっていく部屋が、他人の座敷に思えた。外は、夜に入っていた。

「頼まれて来たんだろう？　佐喜多商工の佐伯にな」

美咲は黙って腰を上げ台所へいき、スイッチを入れる。

「雨が」

美咲は、手拭でおしぼりをつくりながら振り返った。巧二は、足でガラス戸を閉めた。

「夕立が少し遅れただけさ」

「直きに止むわね」

美咲は窓際に立って、外をガラス越しに覗く。

巧二は、いきなり、起き上がると美咲の両腕を摑んだ。

「おい！　言ってみろ、どうなんだ」

と、彼女の体を揺った
真正面に視線を合わせながら、美咲は瞳孔を失明したそれのように動かさなかった。しかし、そのレンズの奥に美しい宝石のような輝きが潜んでいるのを巧二はみた。

咄嗟に、巧二は、つりこみ足で美咲を倒しねじふせる。

「あ、いけない。待って！」

と、小さく抗う声は、巧二の唇に吸いこまれた。

……乱暴だった。

「佐喜多のことできたのだろう」

「きたない。あなたはきたない……」

「きたない男、愚劣なところに魅力を感じているんじゃないか？」

もつれながら、巧二の指先は、美咲の髪をまさぐり、耳の上の乱髪を止めているピンをそっと抜いた。


やがて、巧二は、けだるい体を支えるようにして上半身を起した。

蛍光スタンドの光度が薄れ、いきなり、青い光が、揺れる庭木の枝を浮かべ、その隅の蟻の穴まで明るくして消えた。
一、二、三、四……。
巧二は指を折ってタイムを数える。

落雷。

こだまする連続音の烈しさに美咲の睫が、こきざみに慄えた。

巧二は、冷蔵庫からビールを出して栓を抜く。

「涙に弱い人間は、とにかく損をするよ……君も僕もあわれなもの達ということになるね。操られているると判っているくせに……」

巧二はしみじみといった。

「嘘！　あなたに涙なんてあるかしら」

「……」

「このビールのように冷たい人よ、あんたって！」

「ほう」

「でも理屈はやめましょう」

美咲は、珍しく額に癇の筋がたち、しきりに苛立っているようだ。

話が系統だっていないことでも判る。

「……」

「帰るわ」

不気嫌に頬をふくらませたとき、また、美咲はいった。コップのビールを一気に呑み干して置いた。巧二は、すかさず、瓶の口とコップをコツコツ鳴らせながら注いだ。

「佐喜多の話は、しなくてもいいのかい？」

「いいわ。どうして勘ぐるのかしら、おかしいわ」

美咲を覗く巧二に、彼女は跳ね返すように言った。

「そうかい、じゃ聞くがね。佐伯と付き合っている時、どうして顔をみせなかったのだ」

「私の知ったことかしら」

巧二は、ビールの泡をみつめたまま考えこんだ。美咲の目的は、佐喜多商工の調査に関連していることは判り過ぎている事実なのだ。しかし、頼もうとしない彼女が、巧二には同情出来ると思った。

「帰るわ」

美咲は、ゆっくり立腰になって窓を開ける。雨は止んでいた。


やがて……。

巧二は、美咲を送って外に出た。

黒い生垣に点々とつく雫が、街灯の鈍い光を、それぞれに反射していた。

狭い路地を、生垣に隠れるように、二人はゆっくり黙りこくって歩いていく。

――あの佐喜多商工は、どうしてこれほど執拗に食い下がってくるのだろう。あれほど立派に整理しておくのだから心配はない筈だ。もちろん……。

と、巧二は、自分の非力か、ガラス張りかは知らないが、調査から脱税を発見の出来ないことは動かせないだけに不思議でならないのだ。

――俺には、とにかく手腕がないのだ。

はっきり自分に言いきかせることができた。

「何か仰しゃった？」

「いいや、何も言わないよ」

「そう」

美咲は、頭を傾け一瞬、佇んで巧二を瞶めた。

「ここでいいわ」

「じゃ、情報をあげよう」

「えっ」

美咲は二度、大きく瞬いた。

「佐喜多商工の調査のことだが……是認だよ。俺には結局、発見できなかった。ガラス張りなら当り前のことだが」

「そう」

美咲は、しばらく俯向いていた。その視線の先で、靴の爪先を小きざみに動かしていた。

「さようなら」

「さようなら」

美咲は、しばらく目をこすって何かを考えているふうだったが、二、三度首を横に振った。

美咲は、軽くキッスを投げて踵を返す。スカートの裾を気にしながら、小走りに遠ざかっていった。

一刻でも早く、巧二の視線から逃げたいとでもいうように、三十メートルばかり先の四辻を右へ曲った。

暗い路地を歩く、美咲の後姿が、いつまでも巧二の目に映っていた。

第七章　秘密経理室

「署長に呼ばれてね。またいわれたよ。佐喜多商工の調査は切上げるようにってね」

高見は巧二に念を押した。

「たのむよ」

と高見が言った時ブザーが鳴る。

終業ブザーの陰気な調子に、巧二は、いつもながら苛立ってしまう。四十秒ほどで切れるブザーがしばらく彼の耳に残り繰り返され鳴り続けていた。

誰にも、いろいろな鬱憤はあるものだ。

終業ブザーがいきなり巧二のそれを爆発に誘う。

「呑みにいこうや」

互いに隣にいる顔に誘いはじめるとき、自分達の安月給を忘れてしまうのだ。

「待て、待て！」

高見は、係の連中を呼び戻す声を張り上げた。その手に幾枚かの生ビール券を持っていた。

「これだけあればのみ放題だろう」

「こいつはいける」

誰かが叫んだ。

「十一人ですよ係長。大丈夫ですか」

この係でもビヤ樽といわれている次席の低い声が頼りなさそうに聞き返した。

「ジョッキ六杯券だがな……一枚、二枚、三枚、四……五……六……」

と、高見は丁寧に数えはじめた。

十一人の頭の中が、高速度計算機になった。

「嫌ならよせ！　無理におごろうとはいわん」

高見は笑いながら、チケットをポケットに仕舞う。

「どういたしまして。みんな、早くいこう。呑むのに理屈はない」

低い声が言った。

係全体が気球のように膨んだ気持を浮き浮きさせて銀座へ向かう。しかし、巧二だけは、辺りから孤立するように、神経が滅入っていく。

「ニュー・タウンですね」

三三五五の声から離れて歩く巧二の体の中心は、否応なしにゆさぶられはじめた。

そして、決まって佐喜多商工への挑戦が……脱税していないわけはないのだ。と、反復してくる。

あまりにも鮮かな気の配りかたが、巧二の神経を刺激しているのだ。前日の調査にしても欠陥がなかった。日航機で初詣での件も、見事に経理処理が行き届いていた。不必要なことまで、わざわざ記録に残すように気を配っているに違いない。

会社から仮払い科目で借り、当座預金で日航に支払い賞与で返済している。

そんな端金はポケットにある。と、いっても佐喜多商工の社長である彼ならば、押し通せる金額なのである。それを何故、帳簿に記録させたのか。感心している場合ではない。そんなそつのないところが、いよいよおかしいのだ。

巧二は、納得できない蟠りがいよいよ胸に拡がっていくばかりだった。

「おい藤崎くん、ビールがきたぜ、陽気に燥ごう」

巧二は、はじめて十一人がテーブルを囲み二本づつ並んでいるジョッキの前に座っている自分を発見した。

「まず、一杯」

「いこう」

宣伝ビラのようにうまそうに呑んでいる一人、一人の顔を盗んでいるうちに、巧二はやがて仲間はずれになっていく。

彼は、つまり、淋しい男なのだ。佐喜多商工の二重帳簿が、巧二の体に絡んで離れない。

「早呑みのトーナメントをやろう」

高見が提案した。

「そうだ、やろう」

「やろう、やろう」

「俺は棄権するよ」

巧二は、興味のない顔で言った。

「勝手にしろ、変りもん」

巧二はわずかに椅子をずらし仲間はずれになるように、わざと睨み返した。

ビヤホールの空気は、なまぬるく、汗が、肌にねばるように浮かんできた。

「ちょうどいい。最初の十人が五人になる。二度目は五人一緒に呑んで、一人失格、四人が二組になる……失格した奴は、勝手に呑んでいいぞ！　それから賞金を出すために、一人、三百円づつ出せ。いいか」

「わっ、渋い！」

「俺は千円だすのだから文句はないだろう」

高見はいった。

競技はすぐはじまった。

巧二は酒に弱い。鍛える心づもりもないから逃げ出す頃合いを見計っていた。

「さあ、四人残った。係長、賞金は？」

と、その残った一人の次席が軋んだ声で叫んだ。

「三千七百円ある。一等——二千円。二等——千円。三等——五百円。四等——二百円だ」

「すると、一人百円損というわけだ」

「よーし」

二人づつが、ジョッキを前に睨みあった。

酔いは、十人の体にしびれるようにまわりはじめていた。

いきなり巧二は、呑みくらべに奪われている仲間の眼を掠めて席を立った。見とがめた高見だけに眼で合図をすると、くるっと背をむける。

「同時だ！　取り直し」

と、張上げた高見の声が、周囲の雑音に消されたのを巧二は背で聞いてビヤホールを出た。

その瞬間。

巧二は、自分の酔いの程度を知った。

都電が登山ケーブルのように菱形に歪んで通り過ぎていく。その頃から、巧二の神経は鈍くなった。

記憶に残らない感覚で、交差点を渡り、ショーウインドに充血した視線を配りながら、酔う足取りで雑踏にまぎれていく。

行く当てはない。帰る気もなかった。しかし、巧二はいつのまにか日比谷公園へ、そして、濠端へ出ていた。

セコンドを刻むことを忘れた神経は、苦しげに宙に迷い遊びはじめる。

「いけない！　家に戻ろう」

はじめて、彼の意志が決まった。しかし、足が腰が、自由を無くしてきた。

「うっ！」

胸がしめつけられるような烈しい痛みが、突刺ってくる。エレベーターが斜めに下降するように体を引張られた。

巧二は舗道に倒れた。

柳の幹に肩をしたたか打ち付けたが、「うーん」と小さく唸っただけだった。


いきなり、巧二は気がついた。

現実を知ろうとする注意を辺りに払った。

白いシーツにくるまれたベットに寝ている自分に気がつく。

「癒りましたね。よかった、よかった！」

枕もとで、老人が巧二を覗きこんで言う。逢いたくない老人である。競馬場以来、しばらく、

「佐喜多商工の脱税を暴け！」

と執拗につきまとった老人なのだ。

「君！　いや、あなたは？」

「静かに。私はびっくりしましたよ、急に倒れたのでね……」

「そうかい。また、俺をつけてたのかい」

巧二は顔をそむけ目を瞑った。

看護婦が入ってきた。

「具合は?」

「……」

巧二の脈をみた。体温計を渡し、老人をうさん臭い男という眼で盗み見たが、黙って出ていった。

「すると……?」

「そうです。出過ぎたことかも知れませんが救急車を呼んでしまいました。倒れかたが酔っただけではなさそうだったからだよ」

「ありがとう」

「いや、あなたは大事なひとだものな……」

「ちょっと待った! 一応礼はいった。しかし、交換条件は断る」

「えっ!」

「佐喜多商工の脱税の発見は出来なかったよ」

その時、ドアの外に金属音が響き、医者が入って来た。

「どう、気分は?」

「平常です。したたか酔ってしまって……」

「酒は毒ですよ。特にあなたにはね」

医者は、巧二に強く念を押すように言った。

「……」

「もう帰っても大丈夫でしょう」

童顔にある厚い唇を印象的に動かせて、その医者は、機械の修理が終ったように、突き放す言いかただった。

老人はいない。

巧二は飛び起きると服を着てポケットを調べる。別に変りはない。

会計に寄ると、老人が払ったといった。

瞬間。

巧二は複雑な感情に襲われた。公衆電話で、税務署に電話をし、高見に今までの経緯を話し、休暇を取ると言って受話機を置いた。

老人は、門の脇で待っていた。

巧二はいきなり怒鳴った。

「頼みもしない余計なことを……払うから請求書をみせてくれ！　もちろん、ありがたいとは思う。しかし、力のない俺にどうしろというんだい？　先刻もいった通り、佐喜多商工は是認だよ。何故という顔をしているがね。仕様ないじゃないか！　俺だって口惜しいよ、しかし調査能力の非力はどうにもならない。そればかりか係長にまで嫌味をいわれた始末さ」

最後は、巧二らしくもなく弱々しく言い捨てる。

「しぶとく……飽きずにもう一歩、もう一押しですがね」

と、老人が口調を変える。

「――しかし、今日はその話はよしましょう。あなたと私はゆかりがある間柄なのですから」

「……」

「強いていえば親子になる」

老人は、きっぱりいった。

「出鱈目を」

「まあいいでしょう。事実なのだから」

老人の細い眼の奥が一瞬光った。

「どこを押せば親子などという出鱈目が出るんだい！　バカバカしい」

「美咲という娘を知っているでしょう。此村美咲という女ですよ」

「それが？」

「わたしはあの子の父親なんです。美咲は知りません、私は死んだことになっているらしい」

「ふーん」

巧二は半信半疑の気持を吹飛ばすように、

「美咲が、たとえそういう場合にしたところで俺には関係があるものか！」

と、いきなり叫んだ。

「そうでしょうとも」

老人は、平然と言って足早に歩き去っていった。

「歌舞伎の条書きのような手に興味なんか湧きゃしないさ」

と、巧二は、唾と一緒に舗道の片隅に吐き捨てた。こんなとき巧二の気紛れと我儘《わがまま》が露骨に表面に出てくる。そんな彼を嘲笑うように、露出過多症の熱にうかされている女の素肌が擦れ違っていった。

その後姿が、どれもこれも美咲に見えてくる。

巧二はアパートに戻った。布団を敷いて体を投げ出してみたものの、巧二はこのまま寝ようという気持にはなれない。体を休めなければと自分に言い聞かせる彼の瞼の裏に、女の肌の匂いがしみてくる。

急に美咲に逢ってみたい、と寝返りを打ちながら巧二は思った。彼には珍らしく愛着という感傷がづきんと脳に突いてくる。

「そうだ美咲を誘って今年最後の海を楽しんでやろう」

巧二は呟くように決めた時、病気で署を休んでいることを忘れていた。

連絡を巧二からとるのははじめてのことだから住所も電話のナンバーも知らない。

名刺を出してみる。

此村美咲の四字の活字が小さく笑っているだけで、裏も真白だった。

電話はきっとあるに違いない。巧二は、アパートの入口にある公衆電話の前で電話帳を拡げた。

「こ、こ……此……村……」

と人差指で追っている巧二は、いきなり背中を叩かれた。

不意打だった。

美咲が笑って立っていた。女というものは、これほどに美しい芸術品なのだろうか。巧二の心に不意をつかれた空虚感が吹きまくる。

「呑み過ぎですってね、もういいんでしょう」

と、冗談口調の切口上で言った。

巧二は、押され気味にうろたえる。あの老人といい、この美咲にしても、この出没には鮮やかな演出がある気がしてくる。

「親子とでもいう間柄になった」

平然といって消えた老人の顔が、美咲の白い部分に重なった。

「泳ぎにいかないかい？」

「どこへ」

「そうさな……沼津まで足を延ばしたいな」

「賛成しゃちえ！」

美咲は、大げさに両手を拡げて喜んだ。

その瞬間から、また巧二はしきりに苛立ちはじめてくる。

それは、秋口にかかろうという気候の移り変る感覚からくるものではない。異状にまで発展していく佐喜多商工への疑念が、体のどこかにこびりついているためなのだ。

「早く！　わたしの気の変らないうちに」

と、美咲にリードされて巧二は幾分気持が晴れてきた。

四十分後。

車窓に視線を捨てながら、前に坐っている美咲について、巧二は考え続けていた。この美しさは美咲のものだろうか。巧二の心の隙間に入りこんでくる女という本能の刺激が、彼の感覚を狂わせるのかもしれない。

「違う」

巧二は叫んだ。今日の美咲はたしかに美しいのだ。

「君は何を考えているの？」

巧二は聞いた。

「いいこと」

美咲は内緒話をするように巧二にささやいた。

御成橋から桃郷への道は、ドライブに快適な舗装だった。

「桃畑かしら」

美咲が、木綿の白毛の玉をちらつかせている茂みを指していった。

「よく知っているね」

「それより、あなたの沼津を選んだわけが判らないの、わざわざここまでくる必要があったかしら」

美咲は巧二を窺う眼付で言った。

「富士の山頂の姿がいいだろう」

「ごまかさないで」

「実はね、今、学校の脇に沿って走ったろう。俺の母校さ。沼津は俺の第二の故郷かも知れない。久しぶり、桃郷の遠浅の海を見たくなったというわけさ。君と一緒に来たところに素晴らしさがあるのかも知れない」

「ふーんお上手なこと、そんな巧二さんらしくない軽い言葉。わたし大嫌いよ」

いきなり、美咲の気のない返事を突き返すように舌をならした。

タクシーを降りると、すぐそこが海水浴場の入口だった。

快晴。

そして、午後になったばかりの陽に、砂の面が灼けただれている。海岸線は、静かに揺れ、わずかに細かい飛沫の線を張っていた。

御用邸の先の水平線に、ふと巧二は神経を盗まれた。瞬間、美咲のビーチウェアーにしっくり絡む体を囲む曲線が、その空虚な視線を切るように突立った。

「つまんないの！　私には、変りばえのしない海よ」

「そう可愛いい顔で拗ねられては堪らない。俺は少しでも遠くに来てみたかったのだ。我慢してくれよ、きっと埋め合わせはするよ」

と、美咲の機嫌をとるように巧二は言った。少し虚偽をついている気がした。が、何故沼津まで足を伸ばしたのか、巧二にもはっきり説明が出来る理由はない。過去に対するふとした郷愁はあったろう。しかし、それも気紛れといってしまったほうが正確だった。

「まあいいわ、お話があるの」

美咲は腰を落としていった。

「俺もさ」

「……」

「……」

「私からいうわ。でも照れちゃうな。結婚するの。眼鏡をかけた男と……」

「上背のある奴か！」

「そう。もう相手は判ったでしょう」

「すると重役夫人になるわけか。素直な気持で祝福しよう。おめでとう」

巧二は唇を歪めてつけ加えた。

美咲は首をすくめ、いたずらっぽく鼻に皺を寄せて笑った。いきなり、気がついたように美咲は、つんとすました。自分でも自信をもっていた鼻筋がみにくく変る不安に駆られたらしい。中指の腹で自分の鼻をやさしく撫でる。

「佐喜多商工の是認がプレゼントになるのかい」

「……」

美咲は、水飛沫を上げて海の中へ走っていった。彼女の体は、やがて水に乗り、鯉を思わせる泳ぎようだった。

巧二は、美咲と一緒になろうとは夢にも思ったことはなかった。しかし、一瞬、彼女を手離したくない衝動が眉間の内側で疼くのはまたどうしてだろう。やはり巧二も男の一人だから当然かも知れない。

巧二は美咲を追うように海に入った。

足が砂にめりこむ。波打際の快感が、足を伝わり心臓にしみてくる。いきなり、彼は慄えた。

「だめだ！」

巧二は口の中で叫んだ。彼の生まれつきの依頼心が、つい美咲を利用することに決め、彼女を誘惑する手段で秘密を嗅ぎ出そうと浮かべたことが、自分でも情けないことに思えた。

ところが、

「是認以外はない」

と決めると、反射するように、また、勝気の部分が目を醒まして、

「くそ！　もう一度、乗込んでやるか」

と、巧二はファースト・インスピレーションに忠実になろうとする。

確かな証拠がなく、もう一度乗込むと、今度こそ首が危ない。

議員を通じて局の部長、そして署長、課長、高見係長までが、佐喜多の申告を支持している現在なのである。

これ以上の追求は、私情を挟んでいるとしか思われまい。税メンの意地は私情なのだろうか彼の思い上がった職業意識に私情が絡んでいることを、はっきり否定する自信も、いまの巧二にはなかった。

彼は、落ちていた細竹を拾うと砂浜に寝転んだ。やがて上半身を起し、しばらくは頭に画いていた佐喜多商工の間取図を、砂の上に画きはじめてみる。

美咲が、海水に濡れた体を、巧二に寄り添って坐った。

「何を画いてるの」

美咲は覗きこんだ。巧二は慌てて余分な線を引いた。

「……」

「何？」

「設計図さ」

「新婚のお家の設計なのね！　お楽しみ」

「俺には相手はないんだぜ。君の家を想像して書いていたのさ」

「じゃ、早速のご好意だから遠慮なく入らせていただくわ」

と、美咲はタオルを設計図の上に敷いて坐り直した。

「私は京間造りにするの」

「えっ」

「関西の造りは計りかたが違うのよ。だから東京の造りかたより少し大きくなるの」

「ふーん」

「意味が判る、それはねフフフッ、彼氏が大きいからなの」

「痩せているじゃないか」

「コンパスが大きいもの」

「あまい！　俺はとけてしまいそうだ」

と、巧二は砂の上に寝転んだ。

左手に続く伊豆の曲線の背に浮かぶ入道雲が、秋口にかかっている空に弱々しく足を拡げている。

「そうだ、自分のことで夢中になっていたわ、ごめんなさい。あなたの話を伺うわ」

「もういいんだ」

巧二は、きっぱり言って再び寝転んだ。

しばらくは澄みきった空を瞶《みつ》めていた。

やがて、美咲を仰ぐように見て、

「君、お父さんは？」

と、巧二は聞いた。

「私の子供の頃、病気で死んだそうよ。記憶はないけど……」

「そうかい」

「どうして、急に、そんなことを聞くの？」

美咲は眉をひそめて巧二をみた。

「別に……」

巧二は、話を切上げながら、「二人は親子の間柄」といった老人の顔を浮かべなおした。

「いつまでも、変らないご交際をお願いするわ」

「できるの」

「絶対よ」

「浮気も？」

「もち。家庭に閉じ籠ったら男に馬鹿にされるだけだわ。そんなの私は真っ平！」

「そうかい」

「ええ、断然よ」

「君！　今からだって遅くはない。君の夫となる人は別にいるような気がするよ。探し直すことにしたら」

　巧二は目を瞑っていった。

「あらっ、巧二さんらしくもないことをいうじゃない。おかしいわ」

「俺は思った通り発表しただけだ。女はね、只一人の男。夢中になれる男を探すことが生き甲斐だと思うよ。性本位の氾濫している時代だから誰もが神経衰弱と夢遊病にかかったように、燥いでいるけれど安もののメッキじゃないか。妻の浮気にしたってそうだ。法律で、姦淫罪のあった当時なら判るが、それのなくなった現在、凡そ意味のないことさ、堕落が芸術とでもいうのなら別だが」

「……」

「夢中で懐へ飛び込むのも結構、夢中で抱きしめてやるのもいい」

「巧二さんは、ある意味での刺激がなければ生きていけない人ね。だからそういう見解になるのよ」

巧二は、その時、話題から外れた思索に頭の回転を始動させていた。

飛び込みをしている人とボートがぶつかるように映った巧二は、はっと息を呑んだ。

ボートは飛込台の向こう側を通っていったのだ。

巧二の錯覚だった。

「眼なんて頼りないもんだ」

そう思うように呟いた巧二は、瞬間、あることに気がついた。錯覚を利用しているかも知れない。

佐喜多商工の図面と、実際の部屋の広さは少しづつ違っているのだ。

東京造りと京造りの違いぐらいでも、その差は大きい。図面の広さより実際は小さくできているのだ。と、すれば秘密経理室ぐらいビルの中に図面にない部分が出来てくる。そうだ！　と、巧二は美咲の横顔を見詰めながら自信が漲《みなぎ》ってきた。

巻尺で計るわけにはいかない。歩幅を利用して計った上で入口を探してみよう。

応接間を計ることだ。

——美咲には悪いけれど……と、巧二は、秘密経理室を探し出せる想像が、いつのまにか本当だったという錯覚に陥ちた。いきなり、快よい感覚に酔った。

第八章　二重帳簿

署長室の空気は濁っていた。

乱れている気流に、煙草の煙が流される中で、巧二は、法廷で被告を見る視線に囲まれた。

署長の渋い表情。課長の針のような眼を、見比べる。巧二は、いきなり自分が悪いことでもして裁判を受けている錯覚に陥入った。

もう一人の男それが議員なのだろう。その客の態度がいきなり検事と変わる。

「君は税務職員のありかたについて、少しは心掛けているのか」

署長が、静かに口火を切った。

「知っているつもりですが」

巧二は、雰囲気に呑まれまいとして、睨み返すようにいった。

「そうかい。嘘だろう知らない筈だよ。公僕のことを香水の木と間違えていたものな」

課長が余計な口を挿む。

「君は黙っていて下さい」

署長は課長を軽くたしなめると、両掌を握って机に置き、半身を乗出して、

「君には、君の思惑はあるだろう。仕事に夢中になっていることは、誰が何をいおうと私は疑っていない。しかし、世の中は難しい。程度というものがあると思うな。君の調べ方が悪いとはいっていない。が、会社側から職権濫用だと、きつく申し入れられて私も立場に困るのだ」

「この前も、課長を通して忠告したのだが、君の耳に入らなかったらしい」

「いえ、係長からお聞きしました」

「それはいけない」

署長は烈しい顔をつくった。

「……」

「不審な点があれば私も聞こう。脱税を見逃がせとは言わない。それとも個人的な嫌がらせなのか。はっきり言ってみたまえ。答によっては私としても考えなければならない」

「……」

「判ったね」

巧二は歯を噛みしめて、もり上がってくる興奮を呑みこんだ。

「私も署長だ。署員は子供も同様に可愛いのだ」

巧二は、緊張のためか唇が乾く。しきりに口を動かし唇をなめた。

「君の職務への熱情には頭がさがる。誰が、何と非難しようと私は賞賛してやまないのだ。判ってくれ。税務行政となると難しいものだ。それは君が、やがてこの署長の椅子に坐った時に、私の苦しい立場を理解するだろう、くどいようだが判ったね。判ったら、さがってよろしい」

「……」

巧二は、署長の安心する返事をしないで、三階の署長室を出た。

法人課の連中はほとんど管内出張していた。

自分の席に戻った巧二は、高見に話しかけられた。

「いじめられて来たらしいな」

「この世の裏道を教わってきましたよ」

巧二は、噛みつくようにいった。

「まあ、長い物には巻かれろだよ。君、妻を持ち子供ができてごらん。嫌でも、そうなるよ」

高見は、新聞を折り畳みながら言う。

「そんなものですかね」

巧二は、まだ不服の消えない顔でいった。

とうとうその日、一日中巧二は仕事に手がつかなかった。

その翌日も、あくる日もペンを持つ手を組み、机を睨んでいる日だけを過した。

台風×号、北上中。××号、発生。

シーズンは折目正しく切変わっていく。

巧二の気持も切換わった。首を賭けることにした。

真剣勝負だ！　と、自分に鞭を打った巧二は、いよいよ佐喜多商工に憑かれた税鬼になってしまった。

毎日。一メートルを正確に計り、三歩で歩く練習をした。寝床に入ると、青写真を暗記した。

それから三日目。巧二はまた、自信が体中に拡がった。

——巧二は、そっとしのびこんだ。

金庫が、重なるように並んでいる。〝あの五番目まで三メートルとすれば、そこだ、九歩だ〟と心に決め足音をしのばせ一歩、一歩、正確に歩いていく。〝そうだ。間違いない、ここだ〟と、いつの間にか、巧二は鍵をつかわないで金庫を開ける技術を会得しているから不思議だが、……ガチッ……

巧二は、背後に気を配る。

「開いたぞ！」

把手を思い切り引いた。

扉の向こうは、広い部屋だった。明るい蛍光灯が、目映《まばゆ》く反射している。

五十人ばかり事務員が、算盤をしきりに弾いている。

「あった！」

と、一歩踏み入れようとした巧二を睨む眼が並んで、巧二を遮った。

六つ並んだ。

佐伯だ、美咲だ、高見係長だ！

……すると、ここが佐喜多の秘密経理室なんだな。とやっと巧二は気がついた。

「とうとう俺はやったぞ」

自分の声で巧二は目が醒める。

夢、長い夢だった。

……。

巧二は、右へ、左に、首を折り曲げるように振って起きる。

サイドボードのガラスを開けて、ウイスキー瓶を出す。

ストレート。一杯。これが巧二の適量なのだ。一気に干して、テレビのスイッチを入れた。

七時二十五分。画面の左隅に時間が出ている。……ビーチウェア、サンダル、帽子、そしてタオルを肩に、海水浴スタイルの司会が女の特権を生かす仕種で、説明を始める。〝恋が、私の総てではない〟という長いテーマの音調がはじまっている。

——今日はいけるぞ！

巧二は、それが、精神異状と間違えられるほどの確信となってしまう。

出勤の用意を済ましたとき、台風情報がはじまった。

〝……東経一三三度。北緯二九度二〇分。足摺岬の南方三九〇《キロメートル》にあり、北上中。中心から……。〟

台風の眼の移動が早くなったことを、しきりに報道していた。

巧二のポケットには辞表が入っていた。

出勤カードに時刻を打ちながら、ふと、これが最後になるかも知れないと思った。

「おはよう」

「おはよう、ございます」

机に坐った巧二は、注がれた麦茶を半分も呑まないうちに腰を上げる。

「台風がくるらしいね」

話しかけてきた高見に軽く頷いた巧二は鞄を持った。

佐喜多商工では、顔を合わせる誰もが、露骨すぎるほど、巧二に憎悪の視線を浴せかけてくる。

「ごくろうさまですね。たびたび」

と、佐伯専務だけが、皮肉を交えながらも笑って巧二に挨拶をした。

「署長から話を伺っています。しかし、おたくの会社の是認決議をするために、もう一度、私なりの確認にきました。もちろん、帳簿を調べる必要はありません。ただ、二時間ほどお邪魔したいのですが」

「どうぞ」

「お忙しければ、私一人にしておいてくれて構いませんから」

巧二は腰を折っていった。しかし坐り心地の悪いソファだ、当り散らしたくなる。いきなり、彼は立上がって窓際に立つ。

嫌な顔は覚悟して来ているのだ。招かざる客なのだから……。

そして、巧二は応接間を何度か往復した。

何をしているか、流石に佐伯専務には判らない。巧二は、はじめて青写真より小さくできていることを知った。

「社長室で、少しお話しましょうか」

「どうぞ」

佐伯は、巧二が是認と交換条件で、何かを頼んでくると思ったらしい。胸を張って先に立つ。巧二は、〝これで社長室も小さければ絶対だ〟と思いながら付いていく。

社長室でも歩き回る巧二に、佐伯は、きっと言いにくいことだろう。と、安易に考えたから、その巧二の様子を疑ってみないのだ。

やはり社長室も小さく出来ていた。

これで秘密経理室があることは間違いないのだ。入口は？　ふと思案する巧二は、窓ごしに視線を外に移した。

雲行は、いよいよ怪しくなってきた。コーヒー色の美咲の唇を連想し、そして、あの老人の青くやつれた輪郭を浮かべた。これを輪郭というのだろう。と呟きながら佐伯専務の隣に巧二は腰を下ろした。

早合点だろうか。違う。

青写真の通りだと佐伯の言葉を浮かべた巧二は、一メートルを三歩という自分の歩測を疑ってもみた。大丈夫さ！

巧二は確信が持てるのだ。すると、その差で一つの部屋が出来ることは間違いなかろうかと、時折しみこんでくる弱気を打消していた。

いきなりスピーカーが鳴った。

刻々と変わっていく情報を社員にサービスしている。

「台風は西日本、太平洋岸の接近は、今夕四時頃で、予想をはるかに上回る大型で……中心から二百《キロメートル》の円内は、瞬間風速四十五メートル以上の暴風雨を伴っている……」

二人は、顔を見合わせた。

「すごい！」

巧二は唸った。

「すごい！　しかし、私にとっては、あなたはそれ以上にすごい。暴風雨など、ものの数でない位にね」

「えっ？」

「いいえ、それは失言でした」

佐伯は若さで滑らせた言葉を、苦笑しながら濁した。

「どうぞ。言って下さい。業者の不満を税メンは残らず聞く務めがあるのですから」

巧二は左足の爪先に視線を落としてきいた。

「じゃ、申しましょう。うちのガラス張り申告は、隅々まで調査され最早虚偽のない青色であることは納得されている筈ですがねえ」

と、わずかに薄笑いを浮かべた自分を、たしなめる口振りで、

「笑いごとではありません。これでは業者の誠意を踏みにじるのも度が過ぎてます。ほら、まだ疑っている、ひどい!」

巧二の手のうちに、追及する資料が一つもないことを見破っていた。だから、社長室で融資(?)の名目で金を欲しいという相談でもあるのだろうと思ったが、巧二の眼にはその翳もない。藁でもつかむ気持の悪あがきをみた。出過ぎる釘を叩きつける調子で、しかし、嫌味を含めた言葉を佐伯は巧二の背中へ鋭く投げつけたのだ。

秘密経理室が現実らしいと判れば入口ぐらい直ぐ探せるだろう。という安易な思索がまた、失敗を呼んでいる。

税メン失格。それは、帳簿ミスの指摘の出来なかった、前回の調査のとき、すでに彼の頭にレッテ

ルを貼られてしまっているのだ。

覚悟の辞表は持っている。

――なぜ、是認決議書が書けないのだ！　あの老人に惑わされているわけではない。

と、巧二は、脇腹を静かに擦りながら自分に問いただしていた。

時間は、無造作に過ぎていく。

五分。十分。二十五分……。巧二には貴重な時間だった。

――首か？　左遷が待っているのだ。

この強引な調査の跳ね返りが、明日の巧二の運命を変えるのだ。台風の前触れのようにじりじり苛立ってくる。辞表をポケットに入れているのだから、そんなことは構やしない。しかし、それ程までにして、佐喜多商工の脱税を探す必要はなかったのではないか？　巧二は、逃げようのない境地に追込まれながら何かがふと閃《ひらめ》いた。何だろう感覚の中で追い掛けてみた。判らない。無駄なあがきだった。

社長室の連絡ボタン、スイッチを、盗むようにあらためてもみた。

やはり無駄なことだった。

その時。

佐伯社長が入ってきた。白い頭髪の先が、微かに慄えた。

視線の交叉。捕鯨の銛の突刺った瞬間、炸裂する勢いを押殺した、圧力を内蔵している。巧二は二三歩後退して視線を外らせた。

ふとそこに、老社長は印刷の終った葉書を置いた。

結婚披露の招待状だった。

一枚を手にとって巧二は読んだ。相手は？　美咲では無かった。

——思った通りだ。美咲の奴とうとう欺しやがって……。

しゅんとして口の中で呟いた時、佐伯がいきなり怒鳴った。

「いい加減にしてくれ！　帰れ。儂は病気上がりなんだぞ。お前なんか首にしてやる」

「……」

「帰れ！」

流石の巧二も、それ以上図太く構えてはいられない。二歩、三歩、四歩……と正確な歩幅で廊下に出た。

ドアを閉めた巧二は、憑かれたように駆けだした。一階から三階の間を夢中でまわった。擦れ違う社員が、荒れ馬をよける不安の瞬きで巧二の背後を追う。

――どこかにある。きっとあるんだ。

壁を押し、便所の隅まで調べた。

しかし、入口は無い。

眼は狂ったように上ずっていた。

「くそっ！　もう一歩のところなのに」

きっと署長に電話していることだろう。高見係長が飛んでくるだろう。荒々しい吐息。

烈しい瞬。

それだけが、今の場合巧二に許された抵抗だった。

最後の努力。

それが、あまりにも惨めに消える瞬間が近づいてくる。

煙のように精力が、巧二の体から抜けていく。窓ガラスに凭れ、呼吸を整えるように大きく息を吐く。

「いやらしい奴」

女事務員が、聞こえよがしにいって巧二を睨んで素通りしていく。

「まったく執拗《しつこ》い」

「署長に電話してやれ」

非難の声が、烈しくなってきた。

巧二の頬が歪み、ぴくっと痙攣した。

——責任をとりに帰ろう。

巧二がズボンのポケットを叩きながら、鞄を取りに応接間に引上げようと踵を返した前に、美咲が取り澄ました顔で立っていた。

「よう」

巧二は素直に、そして明るい声でいった。

「いらっしゃい」

美咲の態度のよそよそしさの内側に巧二を蔑んでいる感情が潜んでいる。

「美咲君、俺の勘違いかい?」

巧二は、そっと囁くと、社長室から持ってきた招待状をみせた。

美咲は、しばらく視線の焦点を絞ったまま動かなかった。

いつの間に拡がったのだろう。黒い雲が低く垂れ、こぼれるばかりの大雨を孕んでいるのだ。

薄暗くなった部屋に廊下に蛍光灯がついた。

巧二は、美咲と向かい合っているのが息苦しくもなった。

巧二は、秘密経理室を探す執着を捨て、冷静な気持で、美咲の顔、右手の電話交換室、左手のエレベーターを見比べていた。

いきなり、美咲は何かを打消すように、烈しく顔を横に振る。

「さようなら」

と美咲を捨てて帰れないといった気持で巧二は佇んでいた。

美咲の眼頭が光った。瞼が、ふっと赤くなってくる。

「焼き払ってやる」

美咲は、体を慄わして言うと、歯並びの少し狂っている糸切歯で唇を噛んだ。

——物騒なことを、とばかり巧二は、反射して廊下の隅にある消火栓に視線を注いだ。

「そうだ! どうせここまで嵌《はめ》を外したのだ、失敗してもともとだ」

その時。巧二の税メンらしい感覚が、機械のように回転を始めた。

「これだ! 迷うことはない。やってみるだけだ」

巧二は、そっと回りを注意した。

後退りした彼は、非常ベルを背後に隠すようにした。

えい！　そのあとの混乱など、想像出来るものでなかった。しかし、慌てた社員達、巧二を探る連中がどこからか出てくるに決まっている。それを知りたいだけで、巧二はボタンを押してしまった。

ヂヂ、ヂ、ヂ、ヂーン。

ベルは社員の動揺を煽るように、十カ所の柱で唸りはじめた。

美咲だけが違った意味の眼据えて社長室へ飛んでいった。空虚になっていた彼女の神経は、巧二がベルを押したことを知らなかったようだ。

社員が廊下へ、非常持ち出し書類を運ぶ。

「火事は何階だ！」

電話交換室が開き、三人の女が飛出した。

——しめた！

そのあとに続いて出てきたのは、B勘定の帳簿を抱えている彼の探していた社員だった。その前に巧二はいきなり立塞がったと。

「待った！　ま、待った」

「何階だ！　火事は？」

「……」

巧二は社員達を両手を拡げて押えた。

「間違いだ」

「なんだって」

「間違って押してしまったのだ、誰かアナウンスしてくれないか」

巧二は声をからして叫びながら、しかし、その社員の抱えていた帳簿を掠《かす》めるように取上げていた。

続いて出て来た男の手の書類も押収した。

社長室のドアを乱暴に開けた佐伯親子が、巧二を鋭く睨んだが、

「お知らせします。非常ベルは間違っていました」

というアナウンスを聞くと、やがて、煙の消える感覚で部屋に戻ってしまい、巧二のところへは来なかった。

非常ベルで驚かされた社員が、ほっとした表情に戻った瞬間から、騒々しい非難の声が立つ。

秘密経理室から社員に出るようにいった巧二は交換室で税務署へ電話をした。

神経を尖らせて部屋を覗いた巧二は、エアコンディション、そして機械化された伝票送付筒に、まで行き届いている整備には驚かされすっかり感心してしまった。

した。

「もう誰もいませんね」

殴り殺してやろう！　と考えているような眼に、脇の下に汗を滲《にじ》ませる巧二は、そのドアに封印をした。

井戸に放りこまれた税メンもいる。殴り殺された奴もあるんだ。と、巧二は、必要以上に神経をつかう。会社中に険悪な空気が漂っているのだ。

四冊ほどの帳簿を持って応接室に戻り、鞄を持った。

――成功したんだ。

巧二はしみじみと思った。

あまりにも烈しかった勝負のためか嬉しい感情は湧いてこなかった。

――首は助かった。

ということすらも浮かんでこない。

社長室のドアの脇に立っている美咲の肩を、そっと叩いてから、巧二は社長室に入った。

耳打ちしていた親子が、互いにあらぬ方向に視線を外らした。ホーンで情報を承知しているのだ。

「佐伯さん。これを押収していきます。しばらくして係のものがきて残りの分も頂きに参りますから

よろしく。それにしても随分緻密な計画でしたね。青写真の設計を、少しづつ狂わせて、部屋を作っ

ていたんですからね」

「……」

「……」

二人の佐伯は、黙ったまま頷いているだけだった。巧二は丁寧に腰を折って、

「では、これで失礼します」

といった。

「誰が非常ベルを鳴らしたんだ」

「私です」

巧二は、隠さなかった。

「どうして、そんなことを?」

「間違って押してしまったのです」

「嘘だ。知っていたんだ」

「違う。しかし、それが罪になる場合は、処分は受けましょう。但し、間違って押してしまったことだけは事実なのですから」

と、巧二は、きっぱりと言い捨てた。

鞄をしっかり抱え、人間的な感情を押し殺して、ドアの把手を握った瞬間、巧二の心の片隅に、いきなり芽生えた淋しい哀愁はいったいどういうことなのだろうか？

廊下に出た巧二は、また忙然と佇んでいる美咲をみた。

「君らしくもない。元気を出せよ」

「……」

「やはり君も、女の遺産を受け継いでいたんだね」

美咲は、指を噛みながらこくんと頷いた。

「ま、まってくれ！」

細目に開けたまま、巧二は閉めきらなかったドアの中で佐伯社長の悲しい叫びを聞いた。

「体にさわりますよ」

父親をなぐさめる若い声、

「どこまで！　どこまで……」

狂気に変わる訴え口調のなかに、図太く、巧二をせせら笑いながら秘密計理室を、隠し通してきた自分を責めるのを忘れてしまっているのだ。

「この儂を、いじめ抜いて！　そんな無慈悲な権利を、税メンがどうして持っているのか！　口惜しいなあ！」

「お父さん。静かにしないと、また、血圧が……」

「お前になぞ判って堪るものかい。儂の一生を賭けた会社だよこれは、血と汗の結晶で築いてきたこの会社と、その中で働いている何十人の生活を、あの若僧は取り上げでしまうんだぞ！」

「判りましたよ。でも静かに……」

「お前までが税務署の手先か？」

「……」

「いったい！　いったい！　君達、税メンは誰の為に儂等を……」

いつまでも、その最後の叫びを聞いてやろうと、巧二は思いながら耳を欹《そばだ》てていた。

それが、佐伯へのせめてもの礼儀だ。と巧二は思いながら、ドアに背をつけている彼の耳に、声は……やがて、糸のように細くなっていく。そして消えた。

「どこだ？」

眉を痙攣させるもの、他人事のように気乗りしない法人係の連中に秘密経理室を指さした巧二は、帳簿を分け持つように頼んだ。

「美咲くん、さあいこう」

と、巧二は振り返り声をかけ、階段を降りはじめる。

台風の先陣だろう。烈しい雨足が気急わしい音をたてて、廊下の窓ガラスを叩きだしていた。

第九章　四百万円

台風は、一晩がかりで荒れ狂い心残りなく北上していった。

そのあとに、爽やかな気流と澄み切った朝を置いていった。が、しかし、巧二の心の中は、相変らず昨日に続いて烈しく吹き荒らぶ風が暴れまわっている。

巧二は、悪戦苦闘の末、勝利をかちとった凱旋将軍なのだ。その彼の栄誉は、出勤した瞬間にみじめに打ちのめされた。

周囲は、彼に白い視線を投げてくる。もちろん誰一人として、巧二の机の上に積重ねられた仕事に手を貸そうとしない。

係長の前で、見栄を切って破こうと思ってポケットに入れて来た辞表を、上衣の上から静かに叩いた。同時に、軽卒な自分の考えに苦笑しないわけにはいかなかった。

これほどの立派な仕事を遂行し、首をかけて熱中し、成功させながらも、巧二にはどうやら失脚を免れない空気が漂っていた。係の連中の冷たい仕打も、彼が辞表を出すまで続くことだろう。

巧二が脱税を摘発したこと。それも億という数字が計上される仕事をしたのである。どこに非難をする余地があるだろう。

「お早よう」

という挨拶さえも巧二から避けようとする隣も前も、管内へ出掛けていってしまった。

何故か。どうして巧二に冷たくあたるのだろう。

「どうだい。外はいい天気だ！　こんな湿っぽい署で、ご熱心な姿をみせつけられているより余程いい」

「そうだ。柄でもない我々はさぼるとしましょうか」

「係長の立場も大変ですね」

巧二の耳に、その皮肉が突き刺さってくるように響く。

――こんな処は辞めればいいのだろう。俺には四百万の金があるんだ。何とか、この世の渡りもようもあるさ。

と、巧二は張り裂ける気持を押えながら、辞表を出す覚悟を決めた。

もう周囲に気兼ねする余分な神経はない。ただ、彼が、税務官吏として最後の仕事を丹念につくり上げるだけである。

佐喜多商工の脱税額の計算に、自分の全部の精力を集中しよう。と、巧二は思ってペンを握り算盤を弾きはじめた。

三年前にビル建設の費用を借入している事実がある。しかし、その借入は虚偽記載である。B勘定からその費用が出ているのである。

増資によって借入が始末つくようになっている……これだけで億の漏税金額が計上されるのだ。

巧二は首を賭けて、素晴らしい芸術品を作りあげる気構えで調書を整理していく。署長も、課長も係長も、この仕事の完成を祝福してくれない。あの代議士など煮えくり返える怒りに燃えていることだろう。しかし、彼の心の中は正義を貫こうという真面目なものに鞭打たれているとは思えない。

——俺は法律には触れさえしなければいい。

と、巧二の神経を支配するものは、総てが自分なりに考えた強情とでも言うか。

巧二は著書にナンバーを入れていく。NO1、NO2、3、4、5、6……。そして三日。七日。十日経過した。

NO79。

これで、脱税所得計算の基礎は出来上がったのである。

押収書類。書簡。帳簿。……等々を、一括し、丁寧に縛って書棚に仕舞った。

いきなり、巧二は興奮した。

嬉しいのだ。白眼視する周りに囲まれながら、高見を尋ねて来署した佐伯父子の烈しい殺気の中で自分の心を鬼にして作りあげてきた調書が出来上がったのである。

同僚が、係長が、課長が、署長が巧二の敵と変った雰囲気の中で、ここまで仕事をすることは容易なことではない。

それから先は、君の仕事ではないだろう。と、いう眼で時折、意地悪く睨んでくる高見の気持が、手にとるように判るのが、一層つらいことだった。

――俺の味方は法律なんだ。少しでも邪魔をしてみろ。係長の、課長の、署長の職を剥奪してやるぞ！

巧二は、秘かに反抗しながら、もしかの場合、もみ消される可能性もあるという行過ぎた考えから、調書も複写をとりながら作ってきたのである。

これから仕上げだ。

巧二は、決議書を前に置き眼を大きく開き、ぎょろりと動かした。

四面楚歌の中で、自分のペースを守ってきた感情が燃えはじめたのを、しきりに押えているといっ

四百万円

た状態だった。

更正所得金額。

十一億一千八百十万円。

これが資本金百万円の会社の所得である。

しかし、これは仮りに巧二が決議を起したに過ぎない。

何故なら、巧二が、二重帳簿を押収した瞬間。そしてそれが億となる所得になるだろうと推測した時、直ちに国税局査察部へ移管するのが当然なのである。

その対照が奇妙なものと、巧二に映った。

国税局が調査する会社ならうなずける所得額である。

しかし、資本金は百万円のまま、ビルの建設が終ったのは今年のはじめであり、増資も計画。公称資本も何億と飛躍する筈の会社が何かと真剣に計画してきた思惑の失敗が、こんな奇妙な対照となったのだろうか。

巧二は、機械の正確さで決議書を作った。起草印を捺すと、十日ぶりに係長の高見に話しかけた。

「係長、これを国税局へ移管するよう、課長に話をつけてきます。ご一緒願えますか?」

「……」

高見は視線を外らせた。

「ご返事がなければ結構です一応、係長に提出します。後は、おまかせします」

巧二は、そういって腰を上げると、押収帳簿を総務課長のところに持っていき、二言、三言押問答の挙句預り証を取って、自分の席に戻った。

「大変なことだよ。君の将来にとっても」

高見は吐出すように言った。

「覚悟しています」

「そうかい。それを知っているなら、もう何も言うことはない。しかし、若さには充分に気をつけることだ。世の中は君が考えているほど甘くはない」

と、言う高見の言葉を跳ね返すように巧二は、

「だからといって、係長のようになれないんですよ」

と、言った。

「裏でこそこそ策動をしてもか」

「えっ」

「驚くことはない」

「いいえ。その意味がよく汲みとれないのですが」

「呆《ほう》けるのも立派過ぎる」

「探り合いはよしましょう。事実、表面化したことだけで沢山じゃないですか。この仕事をしたことで私は税務官吏として恥ずかしい行動はとっておりませんから」

巧二は、自分の言葉に酔っていた。

この決議が、税務署長の決定をみたときに辞表を提出しようと、胸にしまい彼は腕時計をみた。

四時だった。


無計画に膨れ上がった村。と、ある外人達がいった東京。

その東京の屋根の下には煩わしさしか住んでいない。生まれた子供は三カ月もすれば、神経を尖らせた視線で親を睨む。

芸術はスピードをもって先行する。

神風作曲家。神風タレント。神風画家……。神風は札を呼ぶ磁気を孕んで突っ走る。

そして、はかなく消えていくのだろうか。

巧二は、我儘だけで過ごしてきた、この数カ月に満足しきっていた。澄み切った空を、その深さに引込まれるような瞬間はなかった。道端の隅に落ちているかも知れない十円玉を探して歩く憂鬱な日日ではあった。が、しかし、巧二は彼なりに、法律を守り、法律の網の目をくぐってきたことに後悔はしていない。

——金が欲しい。四百万の金を八百万にしてやがて二千万に、そして一億にしなければならない。外に希望はない。このまま税務署にいたところで課長の椅子さえ危いものだ。

巧二は、そう呟きながら舗道を歩いていった。

東京中を歩き回りたい衝動に駆られていた巧二は、舗道の目にいちいち視線を落としながら、直線に足を踏んでいく。

咽喉が乾いてた。

砂漠を迷っている感覚で、巧二は佇んだ。景色は、夜に変りはじめている。随分、歩いたものだ。足は棒のようになり、頭の芯に金属音が鳴り響きはじめた。

酔狂《すいきょう》にもほどがある。だれもが、そう思うだろう。巧二も、自分が歩いてきた道を、思い出してみた。

日比谷まではどうきたのだ。昭和通りを通った。そして京橋、都庁脇の太田道灌を横目で睨んだことだけ思い出した。濠端に沿っているうちに桜田門に出る。四谷、新宿三丁目から御苑の外柵にそうて歩き続けてきた。今は、と街灯を仰いだ巧二は、代々木とある標識を見た。

「待って！　待って。どこまで歩くつもり」

巧二は、声だけで美咲だと判った。

「……」

「……」

「どこまで付いてくるつもりだった」

巧二は息を切らしながら聞いた。

「あなたが振り向いて驚くまでのつもりで、……最後は意地でも呼びかけまいと思ったわ」

「挫折か」

「そう。だめだったわ」

「……」

「用があるの、署に伺えない理由で外に待っていたの。すると巧二さん、あなたは私をみながら素通りよ。私は直線に突き抜けるように頭へきちゃった。でもね、善意に考えて付いてきたの。知っていればすぐ振り返る筈と思ったおかげで、こんなひどいめにあっちゃった。もうだめ！」

美咲は、巧二に体を預けるように倒れてきた。

受けとめるように美咲の腕を抱えた巧二は、

「ここへ入ろう」

喫茶バー〝せんだん〟と書いてある、ドアを押した。

「いらっしゃ……」

「……いませ」

カウンターの中に立つマスターとバーテンの二人が漫才でもはじめそうな恰好でいった。

「何にいたしましょう」

「そうだな喫茶バーでいこう」

巧二はいった。

「……と申しますと」

「ウイスキー紅茶。ウマを入れてくれ」

「へえ承知！」

マスターがガスに点火する。

「巧二さん」

と、美咲は囁く。声が少し慄えていた。

「何かあったのかい」

巧二は眉をひそめ真剣な表情に変わる。

「刑事が来たわ」

「君は、また、何をしたの」

「あら嫌だ、巧二さん、あなたのことでよ」

「まさか」

「ほんとよ」

「どんなことを聞いた?」

「四百万もの金をどういうふうに作ったかってよ」

美咲は、手で口を塞ぎながらいった。

「な、何だって?」

「驚いたでしょう」

「電話だ!」

「待って!　最後まで聞いて。もう慌てても手遅れよ」

美咲は、落ち着きを取戻していった。

「そうだね」

巧二の顔がみるみる青ざめていく。

「刑事さんに私が何と言ったと思う。お教えておくわ。あの人は株の上手な人。そして勝負に強いというのかしら。……この間も競馬に誘ったら、二・一を当てて六十万も儲けたのをみたわ。刑事さん、まだ驚くことはね、それから一度も競馬場へ行かないの……私の負けよ。そう言ってやったら……ね。ふーんって首を傾けてたわ」

美咲は、面白そうに笑いながら首をすくめた。

「どうして俺に四百万あることを知ったのだ?」

「……」

「まさか。山岡の奴め」

「違うわ。でも四百万は一瞬にして0というわけね」

「取り返してやる」

巧二は、ウイスキーティーを一気に干した。

「無駄よ、女に入れ上げたんだと刑事さんは言ってたわ」

「会社から」

「だめ！　会社が、山岡さんを背任横領で訴えたのよ」

「そうか、してやられたのか！」

巧二は、地震に揺られているように体の平衡を失った。腰の関節は外れたように抜けた。目の前が真っ暗になった。

「お客さん、ご気分直しにもう一杯いかがですか」

バーテンが近づく。

「うるさい！」

手を握って、テーブルを二、三度力一杯叩いた。

不意に怒鳴られ、反射神経がボクシングの構えをつくらせたバーテンの構える前に、巧二は一枚の念書を差出した。

「君、みてくれ！　えっ。可愛想な俺の財産なのだ。この紙片一枚がだよ。四百万円、たしかに預りました。これだ、これだよ。俺としたことが、ここへ、ここへ、会社名と役職名さえ書いて貰っておけば、こんな、こんな」

カウンターに顔を埋めている巧二を、美咲は、やさしい眼で擦《さす》っていた。

「巧二さん」

「……」

「あなた無一文になった筈ね。私は、あなたから離れないわよ。巧二さんには金はすぐ集まってくるわ。大丈夫、私が陰の力になってあげるわ」

「……」

巧二は、やがて、静かに顔を上げた。先刻の狂気じみた挙動が嘘のように微かに笑って、

「ジンフィズをくれ」

と、言った。

「巧二さん、今日は、私の家にこない。歩いて帰りましょう。ワシントンハイツを一回りしていきましょ。いいでしょう」

「よし、そうしよう」

巧二は大きく息を吐いていった。

「好き。嫌らしさも素晴らしさも、巧二さんの総て判った気がする」

「乾杯といこう」

巧二は、コップを真っ直ぐに上げた。

「いよう」

「いきましょう」

バーテンとマスターが笑いを取り戻して、弥次と喜多のように並んで囃《はや》した。

「七百九十円です」

「安いでしょう。銀座とは違います。また、お近いうちに」

と、景気をつけるバーテンの声に送られて二人は暗い空気に吸込まれた。

東京でも珍しく上等の舗装の両側に、二人を、しきりに誘う。ネオンが旅館の名を明滅させていた。

「みてごらん。この苛立たしげなネオンを、惹かれるね」

「ほんと、割にいけるじゃない」

「どうだね？　迷いこまないか」

「馬鹿ねえ」

美咲は、この男の平静に戻った図太さに半ばあきれたように、眼をみはった。

「いけないいかい」

「決まっているわ。再出発よ。落着いている場合じゃないわ」

二人の会話はぷつりと切れた。

その時。後から追いすがったライトに浮かび上がりそして闇に消えた。

四百万円。その金の成長の過程を丹念に記してある手帳を持って、巧二は、山岡の捕っている警察の刑事部屋に出頭した。

巧二らしい用心のよさで、弁護士を同行させた。

「誰だ？」

「藤崎巧二ですが」

「悪党か」

「えっ」

「まっ、こっちへ入れ」

巧二は、いきなり吐気が込み上げて困った。参考人の筈が、容疑者に変わっていた。彼は、弁護士を連れてきたことに、

——よかった。

と心の中で冷たい汗を拭いていた。

「逮捕状を請求するところだ、君のだよ」

胸をそらして怒鳴る刑事に、

「理由は？」

と、巧二は聞いた。

「四百万円の収賄だ！　そちらは？」

口を合わせた隣に立つ刑事がいった。

「私は、藤崎さんの弁護人ですが」

「先生ですか、どうぞこちらへ」

椅子を二つ出したもう一人の刑事が初めて笑った。

嫌なところだ。巧二の体に嫌悪が走る。巧二には、初めて、税務者が自分達に後ろ指を差す気持が判ったような気がした。

「先生、代りに四百万が蓄積された過程を説明して下さい」

巧二は唇を尖らせていった。秋は半ばに入ってはいても、寒くはない。だがしかし、ガラスが、コップが、書棚が氷で出来ているように思える冷たい部屋だった。

巧二は、小きざみに慄えた。

「悪いことをしていると慄えるんだ」

と、睨む刑事に、預金通帳三冊、領収書を丹念に貼ってある帳面、その金の内納を明確に記入してある手帳をみせた弁護士は、急わしい口調で言った。

「これは、もしもの場合の反証物件として、私が預りました。収賄でない事実は明白に記録してあり、二、三、証拠を当ってみると、メモの正確さが実証されましたので、私は無罪と信じ同行しました。もし必要の場合は、私にご請求下さい」

と、素早く預金通帳と、メモ帳を仕舞、代りに名刺を出して机に置いた。

「判りました。お呼びしたのはもう一つの用件があるのです」

「それは？」

「山岡の件ですが、山岡に四百万円を詐取《さしゅ》されましたね」

刑事は、いきなり凄味をきかせた顔できいた。

「いいえ。私は山岡に金を預けました。が、しかし詐取はされていません」

巧二は興奮して言った。

「山岡を信じるのかい？」

「信じてはいません。返して頂くまでです。預り期間は記載されていません。いつでもいいのです。私が欲しい時に、欲しいだけ貰います。銀行と同じです。私が現在、返済を受ける意志がないのですから、詐取《さしゅ》されたことにはなりません」

巧二の言葉を、刑事達は、不思議そうな顔で聞いた。

「しかし、まあ諦めたほうがいいな」

と、笑った。

「私は必ず返して貰う心算です。山岡に逢わせて下さい」

「無駄だよ」

刑事は、巧二の真剣さに少しも同情していなかった。

巧二は、口惜しさが再び燃えだしてきた。

——四百万はどう消えたのだ。

——君は若いよ。世の中は甘くない。といった高見の声。そして、

——私が陰の力になって巧二さんを……と、力づける美咲の声が、しきりに交叉し胸壁に反響していた。

法律には触れてはいないという弁護士を同行しながらも、巧二は次第に犯罪を犯した容疑者になっていくような錯覚に陥入っていくのはどうしたことだろう。

彼は、煙草を咥《くわ》えマッチを摺《す》って四隅に注意深い視線を投げた。別に意味はない。だから神経は、

どこかで中断され空虚な脳の個室に連絡されてしまうのだ。

四百万が無残に消えたとなると、辞表は破くことになるだろう。どんな苦しい立場に追込まれても勤めなければならないのだ。この経験は明日から巧二にどんな変化が起きるのか。彼は、納税者に柔らかい態度で接しようと決めていた。

「山岡さん」

巧二はなつかしそうに呼んだ。

怒鳴りつけてやろうと思った勢いは、四日の間に延びた髭に覆われた顔を見た瞬間に消えた。

「……」

「あなたは、どうして四百万の件を刑事さんに自白したのですか。この金が収賄の金とでも思ったのですか、それとも自白することで貸借をなくそうとでも、それはいけないなあ！　私は十円でもいい返して頂けるものと信じています。一円でも頂きます。私はあなたに詐取されておりませんからね。そのことは、先程、刑事さんにもはっきり言いました。お願いします。もし一円も頂けないときは全部差上げます。しかし、出来るだけでいい。くどいようですが、出来るだけ返して下さい。いいたいことはこれだけです」

巧二は、刑事に軽く会釈して話の終ったことを告げた。

——世の中は甘くない。という高見の言葉がもう一度頭の中で繰り返された。

署を出た巧二は、山岡の持株を仮処分する計画を弁護士と打合わせると、明後日の時間を午後七時と決めて別れた。

弁護士は時間を競う問題だから、もう一度山岡に逢ってみようと、警察に引き返していった。

巧二は、引越しの準備があるのでアパートに戻らなければならない。

美咲の提案で、巧二の生活費を切りつめるため、彼女の家に移ることになっていた。

母親も、巧二に同情した。美咲の強引な計画に引き摺られたというのが本当だろう。

巧二は、公衆電話のダイヤルに指を突き刺した。運送店へ連絡するためである。

第十章　辞令

当分は、巧二の気持が、この四畳半の雰囲気に馴染む筈がない。柱に、壁に、窓ガラスに、そしてわずかに歪みながら並んでいる天井板にまで、女の匂いが滲みこんでいた。その無言の抵抗が、巧二をしきりに追い出そうとしていた。

移転、転勤には馴れていたとはいうものの、彼の神経は、女世帯に飛び込む初めての経験に、戸惑いを感じてしまったらしい。

これで二週間になる。が、とにかく窮屈な生活に巧二は甘んじてきた。

もちろん。それだけの理由はある。

美咲に引き摺られる気持に負目があった。

霧のように消えた四百万円に対しての愛着を断ち切れない淋しさ。そして、今後の生活設計をする場所に割合、都合がよく思えたこと。

――が、いつまでも腰を落ち着けてはいられないぞ。

巧二は、絶えず呟いていた。しかし、意外に早く巧二の希望通り（?）この部屋に別れることになった。瞬間。ふっと、この部屋の空気を呑みこんでしまいたい衝動に駆られた。

一晩中。

巧二の胸の底で何かが疼いていた。まんじりともしないで、この部屋の隅にある小さい蜘蛛の巣、小綺麗に掃除の行き届いている部屋に隠れるように、しがみついている巣を睨んでいた巧二は、朝の直射光が、まばゆく差し込んで畳に反射しても、床を離れようとしなかった。

スタンドは、細い線だけが白く薄く光っている。

枕もとの煙草を、一本咥え、巧二はマッチを摺った。

二週間。十四日の間という日数はわずかだった。が、巧二は、美咲の裸の線に触れ、美咲という彼女の女の隠れた部分を知ったのだ。美咲は、巧二を、自分が生んだ我儘息子の世話でもするように、巧二から離れなかった。

「転勤か。有能の士は左遷されるんだ」

と、英雄気取りで叫んで煙草を深く吸った。

いきなり、襖が開いた。

美咲が、洗面器、石鹸、タオル、剃刀、ポット、ブラシ、シェービングローション、パウダーを、体中で持って部屋に入ってくる。と、巧二の頭の上にちょっと坐った。

「さっ。おひげを剃ってあげる」

と、見下ろした彼女は掌で巧二の顔をなでる。

「いいよ」

巧二は、断ったが、それを受入れるように頭を美咲に向けた。彼女は、巧二の口に立っている煙草を摘んで灰皿に捨てた。

「人間とは思うようにいかないものだなあ」

巧二は、小さくいった。

「口をきかないで、切れちゃうわ」

「うん。この部屋とも、君との生活にもようやく馴れたのに……」

「逃げるのね。嫌になったの」

「違う。転勤だ」

「どこへ」

「湘南のQ署へだよ」

美咲は黙って剃刀を持つ手を動かしていく。

巧二は、辞令を渡されるときの署長の顔を浮かべ直していた。

「君は、税務官吏としてはきわめて有能である。私から言わしめれば，国家的な存在といっても差し支えないだろう。実に素晴らしい。決して世辞ではない、その君にこの辞令を直接にしても手渡すのは残念なことだ。しかし、湘南の避地にせよ、有能の士を欲していることは間違いのない事実である以上、致しかたがない。また、何年かして東京の署に戻ってきたとき、私も、君も、一まわりも二まわりも大きな税吏となって逢おうじゃないか。君ほどの税務官吏ならばこの命令を素直な気持で受取ることを信じているよ」

巧二は、この美辞麗句を決して忘れやしないさ。と、唇を噛みしめてきいていた。若し、四百万さ

えあれば、

「こんなところへ骨を埋める気はないんだ」

と辞表を叩きつけてやったのに、と、山岡の髭に覆われた顔を浮かべ、口惜しくなってくる。しかし、美咲の佐伯に操られた苦しさ、その佐伯にしても、彼の脱税の摘発の結果として暴風のような社会の風当りを受けるだろう。境地にいることを思えば、巧二にしても、このなまぬるいぐらいの刺激には、耐え抜いていく義務がありそうだ。と、自分にいい聞かせながら署長から丁寧に辞令を受取った。

「公僕」

署長の背後に掲っている題の字を、巧二は睨むような眼で読んでいた。

「そうか……公僕か！」

巧二は、頬に、顎に、美咲の肌ざわりを感じながら、微かに唇を動かした。

蒸しタオルを三回つかって、巧二の顔にローションをしめし美咲は、

「さっ、お食事にしましょ。母さんが、いらいらして待ってるの」

と、巧二を急き立てた。

二人が、食卓に向かって並んだとき、母親のリキが、茶ダンスの上の置時計と、巧二の寝呆けた顔

を渋い表情で、しきりに見比べて声にならない小言をいった。

「かあさん。巧二さんQ署へ転勤ですって」

美咲が、母親の同情を買うように鼻を鳴らした。

「よかったね」

リキは、小肥りの体を二、三度揺ると、襟に掌を当てて無造作に言った。

「どうして」

美咲は、上気して聞きただす。

「そうじゃないか。考えてもごらん。女世帯はとかくうるさいものよ……」

「それどういう意味」

「判らない?」

「ええ、判らないわ」

「そうでしょう、母さんは近所に恥ずかしくっておちおち歩いたことなどありゃしない」

「あらそう。お母さんにも恥ずかしいという感情があったの」

「言草だね」

「私は、どうして生まれたのかしら、イエスのように母さんは……」

「お黙り」

「近所に聞えるから」

美咲は、リキを揶揄《からか》うように小声でいった。

「違います。お父さんは立派なおかたです。亡くなったお父様に……」

リキは涙をそっと拭いて言葉尻を切った。

「もっと涙の出るような話をしてよ。マンネリよ、お墓参りをしたいものね」

「……」

「私も女よ。かあさんの痛手に触れたくはないわ。でも、自分のことを棚に上げて私を責めるなら敗けないわ」

「誰の入れ智恵か知らないけれど、お前それは、邪推だよ」

リキは巧二を睨んだ。

「邪推なら結構なことでないかしら」

「冗談おいいでないよ。私はね。女手一つでお前をここまで育ててきたんだよ。結婚前の女が、男を銜え込むなんて」

「聞き捨てならない言葉を吐いた、とうとう吐いちゃった」

美咲はおうぎょうに目を丸くして驚いた。

巧二は、痺れた足をかばうように腰を上げる。障子を開け廊下に出て向き直ると、

「理由、それから理非は別だ。母娘の争いはごめんだ。そのもとは俺だ、判っているんだ結婚前の美咲さんのことを少し考えるべきだった。今日といわず、今、すぐに、立ち退きますから、まあ、癇を静めてください」

「待って！」

と、美咲の声を遮るように、巧二は障子をぴしっと閉めた。

「およし」

リキの美咲を制止する声が、障子を小さく慄わせた。

気の小さい巧二は、陰口のときは別として面と向かって言われてしまうと、もう我慢出来ない。当座に必要な、服、下着、靴下、洗面道具をトランクに手早く入れた。

旅行に出掛ける程度の手軽さだった。

母娘の口争いを小耳に入れながら美咲の家を出た巧二が、電車通りに出てタクシーを探していると、美咲が追いかけてきた。

「ごめんなさい」

美咲は、甘えるように謝ってネクタイの曲っているのを直した。

「悪いのはこっちさ」

「意地の悪い」

「ほんとうのことだ」

「許してくれそうもないのね。そうなの、変ったでしょ、私、私はこんな古い女の心づもりじゃなかったんだ。でも、うっかり古い女になっちゃったわ、だからもうだめなのね」

「すぐに戻るさ」

「冷たい男にじらされるのは癪だけど、フフフッ」

「俺は真剣なんだ。言葉の綾など考えている暇はない。君は母娘二人で幸せになればいい。そうだろう」

「美咲という女に愛を注げないと決めたの」

美咲はきっとなって言った。

「愛。そんな神経を二人が発見するのは四十年ぐらいかかりそうだ。愛というものは、軽はずみなものではないだろう」

「すると、巧二さんは私を揶揄《からか》い半分にいじってきたというわけ」

「違う。君の磁気に感応していたんだ。そして、これからも百キロメートルや二百キロメートル離れたところで、君の磁気が消えることはないだろう」

巧二は、美咲の肩を右腕の中に抱えるように手を美咲の背に回して静かに歩きだした。

「……しかし……」

「しかし？」

「君の母さんが謝ってこない以上、俺には我慢出来ないことがあるんだ！」

巧二は、美咲の母親の中年肥りした体の線を淫蕩な筆で空想の紙に画きながら言った。

リキの体に充満している雰囲気に巧二は酔いはじめたのだ。

「私とあなたの関係にどうして母が割込まなければならないのかしら」

美咲は、探るような眼で巧二を覗いた。

「理屈じゃない！　煩わしいことは真っ平という意味からも……」

巧二は、顔を赤くして怒った。

「そう、巧二さんはいつのまに母と仲がよくなったの？」

「ばかをいうのも、いい加減にしたらどうだ。島流しの俺に……」

「痛いところでしょう」

美咲は、くしゅんと鼻を鳴らしていった。

「美咲」

巧二は彼女に向かって声の一つひとつに力を入れる。

「いいかい、俺は淋しい男なんだ。この二週間。君のそのすきとおる綺麗な手で、何からなにまで、よく面倒をみてくれたね、この日々は俺にとって忘れられるものでない。ほんとうだとも、君がいない俺が、なんと頼りないものだろうか。やがて、俺自身にも判ってくるだろう。君と別れたことをくやむだろう。しかし、君の母上がだ、あれではどうにもならないとは思わないかい。これからは……これからの俺の生活の前にはね、君以上の女性が現われることもないだろう。これは、はっきり言えることだ」

やがて、こくっと頷いた美咲の眼に感傷のうるみが宿った。

「私、巧二さんのそばから離れない」

美咲は、声を痺《しび》らせて言った。

「ほら、判っていない、向こうに落ち着いたら知らせるよ、必ずね」

巧二は、一時的な興奮を振り切るようにタクシーを呼びとめた。

自動開閉ドアが、邪険な音をたてて巧二と美咲の二人の間を切離すように閉った。

人と人が別れるとき、憂いの感覚が目醒める。それが表情になる。男は女に、女は男に限りない魅力を感じてしまうものだ。

美咲が巧二を追いかけてこない限り、これが永久の別離になる瞬間なのだ。巧二は、そう思ったとき、いきなり、孤独になった彼の気持をきゅーんと締めつける情欲が、盛上がるように燃えはじめた。

「どちらへ」

運転手は聞いた。

巧二は、自動車を降りて美咲を抱きしめようと思った。しかし、一瞬、空虚な美咲の表情が半泣きに歪んだことが、巧二の体をシートに釘付けにした。

「真直ぐいってくれ」

巧二は、美咲に手を振っていった。

「ぶつかってもかまいませんか?」

運転手は、不服そうにいった。

「君さえよければね」

と、巧二が無駄口を叩いたのは、

「旦那、悪いけど降りてくれ。こんな客は真っ平だ」

と、いう、運転手の出方を微かに期待しての言葉だった。

——自分から降りたら美咲をのぼせあげさせてしまう。

そんな勝手な想像を砕くように、巧二の体を跳ね上げるショックを合図にスタートしたのが、その返事だった。


Q税務署。

それは湘南の城下町にあった。

駅前広場に、バスが頭を並べ、温泉行きの客を呼びこんでいた。喫茶店、土産物屋、観光案内所が、軒を並べ口を開いている。

雑然と行き交う乗降客、その大部分が遊山の客だった。

その活気も、一歩裏に入ると、平凡な商店街であり、右手は山の手の城跡公園と変わってしまう。

舗装はなかなかいい。その八メートル幅の道を公園に向かって折れ真っ直ぐいくと、そこに城の大手門が、Q税務署が睨みあっている。

天守閣は、観光ブームに刺激され建ったばかりの新品。

蔦《つた》に覆われる古い石、石、石が、重くかさなっていた。その上に、セットを連想させる天守閣の軽い姿が、濠の水面に投影して揺らぐ。

重い。軽い。その城の見方は、人によっていろいろに感じとられるだろう。

昔は、働く農民の生活を外敵から守るために、そして今は、観光客から稼ぎ、市民のためにと、理由はどのようにもつくだろう。しかし、その城が、税金でまかない造られることは今も昔も変らない。

そこに住む人達の頭に刻みこまれた、古い習慣が、低迷して町中に拡がっていることも、変わりないようだ。

ダンスホールでマンボでも踊っている姿をみかけようものなら、たちまち、〝不良青年〟という烙印を押されてしまう。

観光客は別だ。金をこの町に落として行くよそものは構わない。大歓迎である。この町の分別顔に逢っていると憂鬱《ゆううつ》になるばかりだ。金、金、金、金と、金を作ることだけが人生よ、という顔をしていた。懸命になって金を積み重ねていれば幸福なのだろう。だから握った金は絶対に手離さない。そんな雰囲気が、四百万を、ものの見事に詐取された巧二には堪らないのだ。

交通事故で毎日死んでいく、気急わしい東京に馴れている神経が、三日で嫌気を訴えてくる。

「もうたくさんだ！」

と、愚痴をこぼしながらも、かれこれ三カ月経った。そして湘南の早い春がもうすぐという感覚で近づいてくる。

十二月になるというさっぱりしたカレンダーのめくりようで過ぎてしまった正月。しかも、退屈な毎日だったことが味気なさを一層駆りたてる。

巧二は、よく濠端に立って退屈な時間を過し、めぼしい変化を考えていた。

所在なさそうに繋がれて浮かんでいるボートにも同情したりした。

この城が、この町の縮図に間違いなかった。

この三カ月の間に、巧二は四度も転居した。

美咲から六通の手紙がきた。

その内容の一字一句を想い出せるほど、退屈という言葉の意味を味わった。タイムカードを押すことにまで、東京にはスリルがあった。ところが、ここには何があるだろう。しかし、巧二は、この壁を突破った。

気取ることである。

「変わりもん」

と呼ばれていた巧二が、

「気取りや」

というニックネームにかわるのに時間はかからなかった。

気取る。これは素晴らしいことだ。誰が笑おうと巧二に納得出来る逃げ道は、〝気取ること〟これだけだったのだ。

平穏無事。

これは難しい。まして巧二のような人間には一種の苦痛でさえあった。しかし、巧二はなるべく目立たないように勤めているところが、東京へ戻る近道だと考えたから、休暇もとろうとしなかった。

もちろん、長続きする筈はない。ところが、昨日の美咲の手紙は、爆発しそうなまで発展していた巧二の息苦しさを一時的にせよ和らげる役割を果たした。

美咲は、巧二を忘れ切れないのだ。これを相性とでもいうのかも知れぬ。美咲は、生命保険の勧誘という仕事を理由に、局の人事課に毎日通いはじめた、と知らせて寄こした。

総務課長とも、人事課長とも、親しくなってきたから、人事の様子を探り出し、巧二を東京に呼戻すことに成功してみせる。という内容だった。

「東京に戻りたいなあ」

日に、二度三度は必ず唇を噛みしめ、心の中で叫んでいる巧二にとっては嬉しい手紙だが、美咲の執拗さにも舌を巻いてしまった。

そして十日経った。

巧二は、自分を何処かへ置き忘れてしまったような日を送っていく。算盤《そろばん》にむかい、一六五、を重ねるように加算していく、一六五〇になり一六五〇〇になっても指をとめない。即ち、仕事の切れたとき、働いているようにみせかける要領だった。

仕事のない時は正々堂々と体を休めて、仕事にかかった場合は全部の神経を集中するのが、もともと巧二のモットーだが、この署では、要領の方が優先するらしい。東京へ一日も早く戻るためには要領も致しかたないことなのだ。

巧二は、時間を見た。そして係長の様子を伺いながら決議書を起すだけになった、四件の申告書と調書を持って腰を上げる。

「係長」

巧二は、その申告書をめくり調書の数字の説明を、くどくどと話しだした。この点は、情状を酌量しましたが、という前置きまで喋り係長の意見を求めた。もちろん、自分の意志は切捨てていたから、どのようにも訂正することをはっきり言っていた。

「情状など、余計なことは考えないでやったほうがいい」

と、痩せた体の見本といったような感じの顎骨が気になる口のききようでいう彼の言葉を、その瞬間から実行に移そうと、巧二は早速、鞄を持って署を飛出した。

そして三日。

業者が腰を抜かすほどの脱税を摘発して、決議書を起草し、捺印して提出する。

反響は、翌日の朝、係長の顔色に現われ、巧二は満足した。が、いきなり、卑屈な面持で係長は、巧二に、その脱税額の訂正を頼みこんだ。

「いいでしょう。係長の命令には逆らいません。おっしゃる通りに致しますから、どうぞ、命令してください」

と、少なくとも傍目には素直に見えた。巧二は、新しい決議書の用紙とペンを持って係長席の脇に坐った。

「君は怒っているだろうな」

「とんでもない」

巧二は、その緊張をゆるめるように笑った。しかし、性格というものは変わるものではない。彼の体の内部で、うずく神経を懸命に耐えていることは確かだった。

東京に戻るためには……と、しきりに自分を納得させながら、係長の無責任な言葉に従っているのだ。

「宮仕えとは、かほどに難しきものか」

「おたがいに」

巧二は、言葉を合わせた。

二人は、思わず噴出するように笑った。

同時だった。

「君に理解があるので、大助かりという始末だったさ。ありがとう」

気味の悪いくらいに柔順な巧二の心の底にあるものが読みとれない係長は、怖気づいたような素振りで巧二を窺っていた。

「君、一晩つきあってくれないか。話があるんだ」

「係長、ご心配なら無用にして下さい。別に私の心の中にこれという蟠りなど微塵もないのですから」

「君に払わせせん。いいだろう」

「それより、他の三件はいかがですか」

巧二はその決議書を指差すと、事務的に言った。

「結構」

「……」

「君は、残っている仕事がないんだろう。少し話し合おうじゃないか」

「はあ」

給仕が置いていった番茶を、一口啜った係長は、三木という姓名札をいじりながら、

「自己紹介からはじめよう。僕の名前の三木だが、君は犬のくそというだろう。そこらに転っている名前だが……そのむかし、そう五百年も前のこと。播州というから今の兵庫県だね、三木城という城があったそうだ。そこの城主だった。その直系がこの私なのだ。三木市になっているところだよ…」

三木係長は得意になって喋り出した。その話の腰を折るように、その背後に立った課長が、三木の背を叩いた。

「今朝ほど頼んでいた件は」

と、聞いた。三木は背を丸めて渋い表情で振り向く、

「はい。これです」

三木は、いきなり、卑屈に笑い、折れた竹を延ばすように腰をのばすと、一旦は巧二を見る、そし

て決議書を課長の手に、丁寧に渡した。課長はむっとした表情で、その〝是認〟の字を確かめるなり、三木を無視するように、自分の席に戻っていく。

「ごくろうさん」

微かに呟いた言葉に三木はありがたそうな顔で頷いた。

――哀れだなあ。

と、巧二は自分の立場も忘れてそう思った。

胸を張って話しだしたところをみると、彼には余程の誇りに違いない。五百年もの前の話を馬鹿らしいといえばそれまでのことだ。が、三木城主（？）であったという先祖の話を、伝説に夢中になってしまっている三木係長の気持が判るようだ。同時に、理由がどうあろうと、今日の誘いには心よく応じてやろうという気になっていた。

机を綺麗に片付け巧二は、

「おつきあいさせて頂きましょう」

と、軽くいった。

顔色は黒く、それだけに白い歯並びが目立つ三木と並んで巧二は署を出た。

Q署官内は、まだ知らない巧二の方向の感覚を狂わすように左、右、左、右と何回も折れて、とある割烹の店へ入った。

——ここで、俺をどういうふうに料理する心づもりなのだろう。

巧二は俎板に乗った気持で三木の背に付いて続いた。

三木は、巧二にどんな話をしようとしているのだろうか。いきなり、彼の胸の片隅にしぼんでいた好奇の心が膨れていく。

第十一章　六合交通

………。

巧二は何を考えていたのか。それは三木係長と杯をくみかわし、鯛の刺身を突いていることは凡そ関係のないことなのである。

美咲の母親のリキの小太りの肌が、巧二の観念の中で、一枚の敷布のように拡がっていった。彼は、その上に寝転んだ。その感触をどう表現しようか。薄い敷布では考えることも出来ない肌触りなのだ。

「藤崎君。ど、どうしたの気味が悪い。含み笑いが止まらないじゃないか」

三木の声で、巧二は、夢から醒めたようにはっと気がつく。

「失礼しました」

「東京にいる恋人のことでも……そうか、そうか。まあ、そんなところにも希望があるし、若いものはいい」

三木は、一瞬淋しい翳を浮かべていった。

「冷かしっこなしといきましょ。手っ取り早く話をお伺いいたしたいものですね」

巧二は、三木を小馬鹿にしていた。

「奥歯に物が挟まった言い方はよそう。率直に言うよ、だから気分を壊さないで貰いたいんだが…」

「判ります」

「君の噂だが、君の転勤と同時に、私の、課長の、署長の耳に入っていたんだ。立派な仕事をやってのけた君が、ここへくるってね。それは話の横道だからそのくらいにして……」

三木は独りで酒を注ぎ、盃を口に運ぶ、と、顎を突出しきゅうっという音が一緒に酒を唇の中へ流しこむ。

「これだけが、人生の楽しみになっては、もうおしまいとは考えることがあるんだ。しかし……」

と、三木は巧二にむけた顔を曇らせた。

三木は、くどくどと話をはじめた。まとまりのない話が五分続く。

「東京の署にいた君の噂と大分違う」

とか、

「話のわかる秀才だ」

とか巧二には欠伸の出るような話だった。

「係長。女中さんを呼んでみましょう」

巧二は痺れをきらせて言った。

――東京へ戻るために、どんなつまらない話の交際もしなければならないんだ。と、巧二は思いながらも女のいない部屋で話を聞くのは、ひどくつらいことだった。

「ちょっと、待ってくれ」

三木は、必要以上と思われるほどしんみりいった。

泣き上戸なのだろう。

巧二は、嘲笑する気持を逸らすように、視線をきょろきょろさせていた。

「これは君のためにもなることだ。君の気持は判っているんだ。東京へ戻りたい、と毎日毎日願っていることをね。いいんだよ、若い男にはこの署ではもの足らないだろう。わたしが頼むことを引き受けてくれれば、君は、近い将来に東京へ戻れるのだ」

三木は、はじめて巧二を突き刺すような視線をきっと投げてきた。

「そうですか」

巧二は、つまらなそうに相槌を打つ。

「素直に喜んだらどうだい」

と、いった三木は、空になった銚子を右隅に並べていたが、いきなり、表情をこわばらせた。

沈黙。

かれこれ十時半になっていた。

暗闇を衝く東海道線の警笛が鳴った。しのびこむように潮騒が二人の耳をかすめる。下手な三味線の音は二小節で途切れて消えた。

閉めきってある部屋の回りを、一瞬、気にした三木は、視線を低く散らし、体をのりだした。

「藤崎君」

小声で囁くと巧二に顔を近付けた。

「……」

巧二は表情を強張らし、瞬いた、それが返事だった。

「六合交通という会社の税金のことだが。引受けてくれるね。仕事は簡単、ただ調査してて、情状酌量の上〝是認決議〟を起してもらいたいのだ。署長はね君は危険だといった。しかし、私は、頑張ったのだよ。何故か判るだろう。いつまでも田舎にいると君の才分が死んでしまうからね、私がいい例だ。早く東京へ戻りたい。という、君の希望を適えさせるためにもね。判ってくれるだろう」

三木が、ここで言葉を切ったため巧二は、ふっと、この話の中で不思議なものを感じた。署長、課長と三木は話をしたといった。

ところが、俺が係長に柔順であると知ったのは今日なのだ。やっと判ったぞ、と巧二は思った。情状酌量などする必要はないといった三木が、豹変して申告是認にさせた理由が読めてきた。

あの会社で、俺をテストしたのだ。

くそっ。

巧二は久しぶりに心の底に眠り続けていた反抗心が燃えだした。

「東京へ戻りたくないらしいね」

三木は、巧二の気持をいきなり見抜いているように念を押した。

——そうだ。俺は東京へ戻りたいのだ。

巧二は、反射的に首筋を擦りながら二度ばかり頷いてみせた。

「判りました。六合交通の是認決議を起しますから指示してください」

「よかった。私のめんつ（面子）もこれでたったよ、しかし、君は若いんだ。これからだ、東京で偉くなることだ。私のようになってはもうおしまいだからね」

三木は、くしゅんと鼻を鳴らした。女性的な仕種で淋しそうに肩を落とす。こぼれた酒でテーブルに三角形を画いた。

「係長。あなたは何か、このことでプラスされるものがあるのですか？」

巧二は聞いた。

三木は、首を横にゆっくり振った。

「そんなつまらん話はない」

「……」

「そうでしょう、ね、係長」

巧二は、追打ちをかけるようにいった。と、三木は、湯呑みに銚子の酒を全部入れて、一気に呑み干した。

「それは聞かないでくれ。たのむ」

三木は、巧二に手を合わせた。

——そうだろう。理由もなくやる筈はないものなあ。と、巧二は心の中で頷いた。そして満足した。

「判ってくれたね」

「すこしくどいなあ」

巧二は言った。

「すまん。六合交通の件は私の言うとおり動いてくれ。終ったら東京へ転勤だ。荷物は片付けておいても早くないよ」

話は、切り出されてみれば終るのは早い。

正確にいうと、三木の唇の動いていた時間は、十一分四十三秒の間で済んだのである。電話局ならば、早速「四通話です」とでもいうところだろう。

課長と係長、いや署長までが関係している脱税の黙認なのだ。これに金品の収受が絡まらない筈がない。

金品を受取らなければ収賄にはならないだろう。東京へ戻るためには、この際の職務怠慢は仕方がない（この考え方は巧二の独りよがりである。つまり、責任印を捺して書類が残る場合だけ、自分が納得のいく職務遂行があればよいのだ。だから、六合交通の件でも聞かない方が、良心にとがめない。どうせ、巧二としては、脱税の摘発は癖けていたからだ）しかし、係長に聞いてしまった以上、脱税の一役を買う結果となったのだ。

「ま、いいだろう。署長や課長の指示に従うことも官吏の務めだ」

巧二は、自分を納得させるために、つまらない理屈を並べてみた。

この調査員に、どうしてQ署に経験の浅い巧二が選ばれたのか。それは、巧二にもすぐに判った。Q署に転勤、間もないことがかえって都合がいいのだ。東京へ転勤という餌に簡単に乗ってくると計算もしたのだろう。

その通りだ。欲もない。得もない。理由はない。しかし、巧二は無性に東京へ戻りたいのだ。自分の気持を見透されようが、係長のいいなりになることだ。すれば、三年、いや、もっと遅れるだろう東京へ舞戻ることが出来るのだ。

巧二は、澄み切った空へジェット噴射で、押し出され、飛び上がっていくような晴々しい気持にもなった。

「では、東京への急行券を買うために」

と、巧二は手を出した。

握手。

それは、いろいろの意味での固い約束のしるしだった。

その瞬間、巧二は暇だらけの体になったように思う神経に、またまた、苛立ちはじめた。

三木は、酒に未練があるらしく手を叩いて女中を呼んだ。

五尺を切れる女が、壁紙を貼ったようなファンデイションを塗った顔を突込むように入って来た。

三木は、酒を、つまみを追加の注文した。この町には珍しい着物の着付は垢抜けた女だった。巧二は、取り澄ました顔に酒気が滲《にじ》んでいることにむっとした。

「ふっ」

巧二は、唇を歪めて微かに笑った。

女中は目尻が、切上がっている瞼を細目にして、巧二を睨み返し、腰を上げようとした。

巧二は、その胸を人差指で軽く押した。立上がろうとするはずみで、女は不細工に転んだ。

白い肌が、巧二の眼をかすめた。

巧二の右手の先が滑るように延びる。二本の指は、その白い肌の柔かい部分をきっと抓《ツネ》っていた。

「痛い」

女中は小さく叫んだ。

裾を直している女が追い掛ける前に、部屋を出た。巧二は逃げるように玄関に向かった。

夜は、とっくに更けていた。

しばらくいくと、塀が、屋根が、ゆっくり沈下しはじめている路に出た。

このあたりを包むものは、暗闇だけではない、どんな小さな音も逃さないと口を開けて窺っているものがある。騒音が、神経の平衡を保っていた巧二には、無気味なほどの静寂な夜気だった。

風はない。冷えこんでくる空気は凝結し、垂直に地面を圧搾している。

バックスキンの靴の音。舗道の直線上に遠慮勝ちに鳴る自分の音にぶるっと慄えた。

——三木の奴。東京へ戻りたがっている俺を勘違いしているらしい。出世、出世といえば俺が喜ぶとでもか……三十年も勤めて、やっと署長になることが……ばかばかしい。

巧二は、オーバーの襟を立てると、近道のつもりの路地を抜けていく。

——早く帰って深夜放送でも聞かなければ、死んでしまいそうだ。とにかく、音のない世界は真っ平だ。とばかりに唾を吐くように言い捨てた。


三日経ち五日過ぎていく。

巧二の神経は次第に引き締って退屈な毎日には終止符を打っていた。当然のように気取り屋巧二は姿を消した。

そして、翌日。

巧二は、例の六合交通の申告書を三木から渡された。

長いこと係長の机の奥に入っていた申告書も始末をつける時期が来たのである。

「藤崎君。東京の手腕を期待しているよ、君に調査されれば、ま、文句も出まい」

三木は、係員全部に聞こえるように大きな声でいった。

——どこまで俺を利用すれば気が済むのだ。

巧二は、腹の中で怒鳴った。

——東京へ帰りたいだろう。怒るのではない。聞こえない振りをしろ。

燃えだそうという火を消す消火器を頭の中で操作する考えが、しきりに、巧二を押えつける。

巧二は申告書を持って表へ出た。

午前中の日を一杯吸収した天守閣が、巧二に笑いかけているようだった。

私は、じたばたはしない。人々は、壊したり造ったり勝手にする。そして、いつまた壊されるか判ったものじゃない。

天守閣の笑いの中に、そんな意味を吸み取りながら巧二は、

「俺はじたばたするさ」

と、呟いた。

六合交通は、その天守閣の真裏の方向にあった。

濠にそって巧二は歩いていくうちに、〝是認決議〟をすることとは別に徹底的に調査してみようという気持になっていた。

——どのくらいの脱税をしているかな。

と、いうただそれだけのことに興味をそそられたに過ぎない。

巧二はベンチに腰を下ろした。辺りに並ぶ芽を吹き出した桜の梢を見上げた。その枝ぶりが、彼の神経の交錯にも思える。

——やはり、そんな無駄骨を折るのはやめにしよう。是認するのに。

申告書を拡げ、数字を睨んでいるうちに気が変わった。巧二は、申告書を封筒大に四つ折りにしてポケットに突込んだ。

資本金三百万円。

これだけで巧二は、大体の様子が浮かぶように頭の中が訓練されていた。佐喜多商工の場合は別として、資本金から資本勘定の推定も出来る、そして概数による貸借対照表も浮かぶのだ。

この町のことだ。脱税といったところで大したことはあるまい。巧二は、軽く考えていた。

しかし、そんな気軽な想定は、体に爆発が起きたように、一瞬に吹飛んだ。

長い塀に囲まれた車庫、資本金では一台も買い切れないような自動車が並んでいた。

門標に、六合交通株式会社とあるからには間違いなくこの会社だろう。巧二は寝呆けた眼をこするようにしてその脇にある守衛に、それを確かめた。

「六合交通は他にはありませんよ」

そういって事務所を指差されてもまだ、巧二には信じられないようだった。

社長室の前に、巧二は案内もなく突立った。

「どちら様でしょうか」

事務をとっていた女が、慌てて巧二の脇に走り寄りながら言った。

巧二は、黙ったままノックをした。

「どうぞ」

巧二はドアを開け、その女性に、

「入りますか」

と眼できいた。気が抜けたサイダー瓶のように立つ女に構うことはない。

「失礼」

と呟きながら社長室に入った。

「税務署の藤崎です。ご都合は如何ですか」

社長は、机の小箱から名刺を一枚とると、

「どうぞ、こちらへ」

と、三点セットをさした。

貫禄は十分。禿げた頭の手入はよく行き届いているらしく、窓枠が写っているように思えた。チョッキのボタンが切れそうに張られている。

「ご苦労さまです」

調査先で、業者にこれほど親しそうに応接されたのは、はじめての経験だから、その社長の余裕のある微笑には、巧二のほうが、むしろ驚いてしまうくらいだった。

「昨日もお待ちしていました」

と、いいながら出した名刺を受取った巧二は、半ば事務的に〝猪又重太郎〟と読んで、テーブルに置いた。

「早速で……法人税の調査をさせていただきますが」

巧二は、ゆっくりした口調できく。

「結構です」

猪又は葉巻の口をさわっていた。

「……はじめます。出して頂きたいもの、それは、前回と同じです。帳簿。今期分も一緒に、それから当座預金の出納明細。普通預金の個人名義、株主台帳、と、そちらのほうがよくご存知と思います。全部、ここに積んで頂きます。それから、今日現在の預金残高証明をとってきて下さい」

巧二は瞬きもしないで言った。

「今日のですか？　今、すぐ取ってくるのですか？」

猪又が重ねて聞く。

「そうです」

巧二は、微かに笑っていった。心の中で恐ろしいほどの信念に燃える響きがその言葉に含まれているようだった。

巧二は、自分でも驚いたほど厳しい口調だったと、その神経をしきりに探してみた。

――職業意識が、鎌首を持ち上げて来ただけだろう。

と、巧二は安易に解決をした。ここへくる途中に、脱税額の算出だけはやってみよう、という移り気からの好奇心は、押し潰していたのだから、考える必要もなかったのだ。が、猪又は、すっかり慌てているようだった。

「ま、慌てることもないでしょう。調査の対照となる全部が集まるまで、お互いにゆっくり待ちましょう」

巧二の言葉が終らないうちに、経理課員が帳簿を運んできた。そして、一冊づつその種類を呟きながら重ねて、部屋を出ていく。

――ここまではいつもの通りだ。

巧二は、腕を組んでソファーに背を預け、力を抜いた。――さて。どういう具合にはじめようか。と考えながら下唇を軽く噛み続けている。

やがて――

「揃いました」

猪又はいった。

「社長さんの個人名義の通帳もですか?」

「もちろんです。どうぞ、どうぞご覧下さい」

猪又の少しばかり気色ばった声をきき、巧二は体を起し、テーブルを見た。

「社長さん。少し話をきいて頂きたいのですが」

「何なりと」

「このQ署に転勤になった理由を申し上げてみたいのです……」

佐喜多商工の脱税に、首を賭けて調査したこと。その一部始終を、巧二は話しはじめたのだ。

猪又は、その話をする巧二の意図を、探る眼を細め、しきりに掌で顎を擦りながら真剣に聞いていく。

今でも、くっきり鮮明な印象として残っている佐伯親子の表情の一つ一つを網膜に再現しながら巧二は説明を続けていった。

「猪又さん、話はまだこれからです。若しお疲れの場合は席をお外しになっても差し支えありません。経理課長さんもそのお心算で……」

と、巧二は社交辞令の言葉を挿んで、佐喜多商工を追及した幾つかの場面を刹那の変化を、必要以上にくわしく喋りまくるのだった。

その時、課長の様子が変ったのも感じていた。

社長と眼交で打ち合わせ、足音をたてないように部屋を出ていったのも知っていた。しかし、巧二は相変らず瞑った瞼を、睫を、時折、神経衰弱の初期の慄えのようにピクッと動かしながら話しをやめなかった。

猪又は、しきりに苛立っていた。

心の動揺は隠しきれるものではない。

巧二は、猪又の挙措の微かな動きも見逃さないぞと、いきなり、体を起こし胸を張って話の最後にかかった。

課長が、部屋に入ってきた。

「何時でしょうか」

巧二は、窓を振り返りながらきいた。

「四時二十分です」

課長は言う。時計は少し進んでいた。それに十分ばかり足して言った。

「もう帰る時間になってしまった。それに雪になる空模様だ」

巧二は、時間の経つのも、空の変るのも随分早いものだと思いながら猪又に視線を返した。

「情もなく容赦もしません。この顔がそんな非情に見えますか」

「……」

「どのようにも推察して下さい。ところでその押収書類、帳簿は、国税局へ移管するよう手続をとったのです」

巧二は、やっと話を切上げた。

五分。

六分。

八分。

――いよいよ、引上げる時間がきた。と巧二は自分に言い聞かせながらこんな即興に終ってしまった調査を悔いる気持も湧いた。しかし、こうでもしないことには遣り切れない成行きでもあった。

「調査を終ります」

巧二は腰を上げた。とうとう、帳簿の表紙にも手を触れてなった。

「えっ」

猪又は、コマ撮りをされている人形のように、しばらく動きがとまった。

「はあ」

経理課長は、こくっと頷いたが、まだその意味がのみこめないのだろう。巧二の次の言葉を待っているのだ。

――これで俺の仕事は終ったのだ。操り人形でしかない俺がこれ以上このソファに坐っていれば、きっと惨めな姿を晒すことになるだろう。

巧二は、面会謝絶の病室から出るように、把手を静かに回した。

――早く消えることだ。

巧二は、逃げだすように走った。

六合交通のゲートを駆け抜けて、しばらくいくと、雪がちらつきだした。どこからか流れてきたという降りようで、巧二の頬につき、小さい水玉と変った。

ちょうど今頃猪又は、課長か係長か、それとも署長か、とにかく誰かと、巧二の不思議な調査の様子を報告しているだろう。

巧二は含み笑いを洩らしながら署へ帰る道を急いだ。

その時。互いに相手のポケットに、手を入れて歩く二人連れが、気味悪そうな視線を巧二に投げ、よけるように擦れ違っていった。

署長は?

課長の顔は?

係長のいつも揺れている細い体がどんな変りようをしているだろうか。

巧二は、勝手な想像を採っているうちに署の前に戻り着いていた。

「本番」

巧二は、ディレクターが試写をみるような気持で、回転ドアを押した。

その時、課長の机を囲む二人が、頷きあってそれぞれの席に戻るところだった。

巧二は芝居気たっぷりに席に坐り、決議書にペンを走らせはじめた。

第十二章　二十万円

巧二が仕事をさぼるのは久しぶりのことである。

Q署に転勤して以来、はじめて無断で署を休んでしまい、朝からといっても十時半に目が覚めたのだが、うかぬ顔で腕を組み、机と睨み合っていた。

机と、違う！　机の上に置いてある紙包みとだ。が、紙包みは何も話しかけてこないから、無言の応酬とでもいおう。

巧二は恐るおそる紙包みをひらいた。

「寸志」

と、ある金包みだった。

やはり、と巧二は頷きながら、その中身をしらべる。手の切れる札、日本銀行から直接入れられたような一万円札が、一、二、三、四、五、六、七……二十枚あった。

署長は国税庁へ出張。課長と係長と巧二が昨日、六合交通の猪又に誘われて招待酒を飲み回ったことは憶えている。

「今日だけは我慢して飲んだほうがいい」

と耳打ちする三木の言葉通り巧二は飲み続けた。

飲んでいるうちに、

「君に酒は毒ですよ」

といった医者の注意を思い出した。しかし、飲まずにいられない神経が、酒を呷っていたのだ。

自動車はお手のものの六合交通の招待である。

「行こう」

と誰かが提案した場所へ、料亭という座敷から、バーのカウンターへ、そしてナイトクラブのテーブルにビールを並べた頃には三人の体の酒量は想像を上回って、飲み潰れる寸前だった。

「箱根へ行こう」

「熱海へ……」

「鬼怒川も面白いですよ」

ぐのだ。

「熱海がいいんだ」

「絶対、鬼怒川だ」

三人はいよいよずるくなっていく。酒に酔った機嫌のいい勢いにまかせ、勝手なことをいっては燥ぐのだ。

「俺は家へ帰るよ」

巧二は、そういって立った。腕時計を見たような気もする。しかし何時だったかは憶えていない。

その後。

うつ伏せに机に凭れ寝入っていた自分を発見するまでの記憶が全くないのだ。

体が、みしみし鳴った。

ポケットに、六つのマッチが入っていた。それとこの金包みである。

——俺は収賄までつきあうとは言わなかった。そうだ、これは返すべきだ。いつの間に渡されたのだ。そしてこれは、いったい、誰が、入れたのだろう。それが判らない。猪又がくれたのならば問題はない。当然返せば、それで済むことだ。が、もし三木係長が……自分の分を抜いて俺のポケットに捻込《ねじこ》んだとなると、三木の恥をさらすことになってしまう。

そんな回りくどい考えようが、かえって煩わしくしていることは、巧二も気がついていたが、彼も彼なりに真剣に考えていた。

そのうち、巧二は、二十万円の金を返すのが惜しくなってきた。

——いったい！　どっちなんだ。

巧二は、自分の心を怒鳴りつける。

瞬間。巧二の胸をくすぐるようにずるい考えが浮かんだ。それが例え法律に触れようが、仕方はあるまい。巧二だけが納得すればよいのだから……。

便箋を出しペンを持った。

二十万円に対する覚書。

この金は私が貰ったものであることは確かなことである。しかし、この金を誰が私に渡したのか。それは判らない。

それで、私はその相手を探ることにする。

相手は、課長か係長か猪又の三人のうちである。

第一に課長に当ってみることにして、巧二は、覚書を入れ二十万円の包みを丁寧に仕舞いこんだ。

机に鍵をかけ、用心深い心を残して背筋をのばしたとき、いきなり、腰が軋んだ。ぐいと削りとられるような烈しい痛さを、耐え、巧二はやっとの思いで床を敷いた。

上衣を脱ぎ、ズボンを投げうったあとは、もう我慢出来そうになかった。夢中で布団にもぐる。睡気と痛みが巧二の神経の中で交替されていく。

その時。

襖の外で、静かな声がした。たしかに、

「藤崎さん」

と呼ばれた。

女の声は美咲に似ていた。

——聞き憶えがあるぞ。

と、思いながら顔を毛布でくるむように埋める。

夢心地の部屋を囲むカーテンがわずかに揺れた。そして、麻酔が体中にまわりはじめた患者のように、深い眠りに落ちていった。

「巧二さん」

強く呼ぶ声も、巧二の耳の上を素通りするだけだ。

——誰かが、俺の体を揺っていたが。と、巧二の宙に浮いた神経が目覚めようとした。しかし、烈しい疲労はまだ抜け切らなかったのだろう。再び眠りの世界へ戻ってしまう。

やがて、肌を突き刺されるような冷気を、肩口に感じて巧二は目を覚ました。

ハンガーに、脱捨てたはずの背広がきちんと掛かっている。寒いわけだ、窓は開け放されていた。

巧二は、一度、起きかけたが、思い直したように寝返りを打って眼を瞑った。

階段をのぼってくる足音が、やさしく巧二の耳を打つ。瞬きをしない努力は大変なものだ。巧二は美咲の出かたをじっと窺いながら、寝息をつくった。

襖が開いた。

巧二の鼻の奥へ、いいようのない甘い音がしみるように抜ける。

——何だろう。香水を変えて俺を口説こうというのか。それにしても上等なやつの香りだ。ホワイトローズとかいう一万円ぐらいのものかも知れない。いけない。まだ目が覚める時ではない。

巧二は自分の顔を凝視する視線にくすぐったくなった。掌が眉を擦で頰を伝って顔の輪郭を巡る。

巧二はつらくなってきた。が、ここが我慢のしどころとばかりに頑張りつづけた。

犬の吠える声がした。

瞼の裏をみる巧二は翳が揺れるのをみた。

ここで目を覚ましてやろうか。と考えたが、もう少しそのままでいることにも興味があった。

ガラス窓の閉まる音。そしてカーテンが、そして襖につけておいた内鍵のかかる音。そしてまた、体臭が近づいてきた。

口紅の匂いが、巧二の唇に乗り移った。

烈しい接吻だった。

美咲のやつ、待ち切れなくなってこの興奮はどうだい……。これが勝気の女の待ちきれなくなった瞬間だ……！。

優越感にほくそ笑んだ巧二も、瞬間、興奮の渦に惹きこまれた。相手の頬に両手を当てて、のしかかっていこうとした巧二は、いきなり驚いて眼をあけても遅い。

「違う」

巧二は飛び上がるように跳ね起きた。

美咲の母親のリキだった。

声は母娘を区別していなかった。そういえば、美咲と思いこんでしまっていた巧二は、その体臭の違いはともかく香水とか、頬に当てられた手の感触に、もう少し研ぎ澄ます必要があったのではなかろうか。とにかく迂闊だったようだ。

——頂いてしまえ。

巧二の悪魔の部分は、これを待っていたのだから、しきりにけしかけてくる。

誰も想像は自由だ。淫《みだら》なことを考えても構わない。しかし、そこにわずかに理性が勝つ場合が多いのだ。

「ひどいことだ。あなたは、ご自分の娘と俺のことを知っていないのですか?」

巧二は強いて言葉に力を入れた。

――そうかい。かえって喜んでいるのと違うかい。隠すことはないじゃないか。

彼の胸の襞の裏側で、卑屈に笑いけしかけるもの、それが、自然の姿なのだろうか。

「判っております。悪うございました。夫と別れてから、ただ一度の間違いのなかった私です。これを魔が差すとでもいうのでしょうか。いいえ、私の体に巣を食う浮気心という虫が……」

リキは、いきなり、子供のようにその場に泣き崩れた。

「浮気心で、ここまで」

巧二は女の涙に弱い。しゅんとしてもの静かに聞いた。

「いいえ。美咲が、毎日のようにあなたのことで八つ当りするんです。あの娘は、すっかり変ってしまいました。以前は、男を男と思わない女で心配したほどでしたのに……あなたから手紙のこないのはお母さんのためだと怒鳴り散らしているうちはよかったのですが、昨日テレビで、自殺のシーンを見ていると、その薬が何だったかしきりに聞いたあとで、ふらふらと出掛けてしまいました。私は、おちついていることも出来ず、すぐ後を追いかけたところ薬屋へ入ったのです。でも、ぐらっという暉を振払いながら急ぎ足でお金を取りに家に戻り、ついでに書き置きを探したのです。どこにもないのでほっとしました。でも早く追いかけなければ、と玄関へ駈け出したとき美咲は戻って来ました。睡れないからというのです。私は美咲に謝りました。きっと巧二さんから手紙をくださるようにしてきます、と約束したのです。全部言ってしまいます。私は、妻の資格は零の女だった。夫にも捨てられました。それ以来私は美咲のために浮気を抑えてきたのです。苦しい毎日、焼鏝《やきごて》で肌を焼かれるよりつらい半生でした。その半生は、夫への謝罪と、美咲のために……ところが、巧二さん、美咲はあなたを家に入れました。巧二さんの男としての体臭が私には苛酷なほどの試練でした。私は耐え抜いたのです。しかし私の努力にも限度があります。あまりにもつらくなったばかりに、巧二さんを敵視するようになり出て行けとばかりの態度へと変ったのです。どうか許して下さい。今日は、美咲のためだけに足を運んだのに、あなたの寝顔に……いまも私の血は逆流して狂いそうです」

リキは、体を震わし言葉を続けた。

「あなたと、そして美咲と……」

巧二は、リキの手を握った。

「そうです。早く、なんとかして下さい」

リキは、かすれた声でいった。

瞬間。

巧二は、理非とか常識を忘れた。

握った右手がリキの右頬に飛んだ。

「くそっ」

と、続けざま平手で、四、五回打ちのめした。

「美咲は勝気な娘ですから、巧二さんに執拗にいいよらないでしょう。でも……」

と、訴えるリキの帯どめを解き、巧二は、リキを力づよく抱きしめた。

倦怠、疲労、憂鬱な感情が重なりあって、巧二の体に覆い被さってくる。最後のけじめはつけなければならない。

巧二は、リキの唇に近づけた顔を、掌で遮られてしまった。

「それは、美咲だけにとって置いてあげて下さい。お願い」

リキは、巧二の顔色を窺いながらいった。

「……」

「……」

「美咲は誰の」

「もちろん主人のだったわ」

「彼は？」

「信じてくれないから別れて行ったのよ」

「風のたよりもないの」

「戦争にとられるまでは、佐伯さんと一緒に商売をしていましたから……でも、それっきり……」

「あの佐喜多商工かい」

「ええ」

「どうして佐伯のところへ戻らないのだろう」

「……」

「死んだと思う？」

「私のもとへ帰ってくれると信じてたわ、昨日までは……でも……よしましょう。そんな話。私って運の悪い女だから、巧二さんとこんなことになったら、きっと姿を現すかも知れない。女って、女のものがなくなる前に騒ぐんですってね。私は、もうおしまいなのかしら。少し早すぎるけど」

リキは、ふっと若い娘のように恥ずかしそうに笑った。

巧二は女の嘘について考えはじめていた。ずいぶん、嘘をいったものだ。リキを責めるつもりはないから、殊更には数え上げることもない。しかし、……と、そのうち割切れない感情も、雑草のように芽生えてくる。

「お腹がすいたでしょう。何か注文しましょうか」

リキは、起きて着物を着ながら聞いた。

「いいよ、おばさんに頼むから」

と、巧二は、床から這い出して襖に手をかけた。

「おばさんは、お留守よ。映画に行ったらしいの。お互いの身につまされて、気をきかしたという顔つきでね。でも、私が千円を握らせるまで動かなかったのだから、その気持のほどは判らないわね」

きゅうという音、帯止めを鳴らして結んだ。

リキは、初夜のように視線を逸らしながら襖を開けて出ていった。

巧二は唾を、ごくっと飲んだ。

後味の悪い舌触りを消すように、唾がしきりに出ては咽喉に流れていく。そして、その唾が、胃壁に粘りついて離れないような、嫌悪感を誘い出していた。

いつまで持っても階段を上がってくる気配はなかった。

「どうしたのだろう」

巧二は、ふと心配をした。

階下で出前の声がした。巧二は起きて、襖を開けたとき、そこに置手紙があった。

簡単に、

——これで失礼します。美咲への幸便をお待ちして居ります。

と、あった。


翌日。

早目に出勤した巧二は、三木に話しかける機会を狙っていた。

巧二が便所に行くと、後を追って三木がやってきた。

「昨日はどうした」

「二日酔いに萎れていました」

「心配したよ。休むのは構わないから電話で連絡ぐらいしてくれよ」

三木は、巧二の肩に手をかけていった。

「考えごともありましてね」

巧二は、三木の反応をみるように、いいかけて言葉を切った。

「何をだね」

「実は、私のポケットに二十万円入っていたのです。くれた人が判らないのです」

巧二は三木を覗《のぞ》くようにしていった。

「そうかい。相手なんかいいじゃないか、貰っておけよ」

三木は笑ってごまかす口振りだった。

「お返ししたいのです。係長さんが？」

「違うよ。私は知らん」

三木がいきなり変えたむっとした顔がみるみる火照ってくる。

「ご存知ありませんか」

「勝手に探したまえ」

三木は、さっと、自分の席に戻り、新聞を拡げた。

巧二は、腕時計を見た。

九時六分だった。

洗面所で、二十万円を私のポケットに入れたことについて、三木係長に聞いた。知らないとの返事だった。

と、巧二は用箋に書き入れた。

今度は課長に……その訊ね方を考えなければならないと思った。

課長は、まだ出勤していない。机は、きちんと整頓されていた。

「係長、ほんとうにご存知ないのですね」

「くどいね、君は」

「ご存知なければ結構です」

巧二は、きっぱりいいきってから、机の上に書類を並べた。

「君、署長が呼んでいるらしいよ」

三木が注意する口調でいった。

巧二は、出張する用意をしてから署長室へ向かった。

——何だろう。

署長は、巧二に椅子を勧めてから、しばらく、何かを考えるようにしていた。

「藤崎君。この間、いや一昨日、局へ行って君の話を聞いてきたよ。くわしくね。誰もが、君の本当の姿を知っていない。六ケ月の間、私も君をよく見てきたつもりだ。が、判らないままこの椅子を離れることになった。話が大分外れたが……」

と、署長は、いいながらも、あらゆる方向へ話は飛んでしまう。しかし、話の内容は簡単なことなのだ。巧二を、東京国税局へ転勤することに決まるまで頑張ってきたという、話だった。

「東京で張り切りたまえ」

「ありがとうございます」

「しかしこの四月の移動までの職場は、ここなのだからしっかり頼むよ」

「はいっ」

「最後に一つプレゼントをしよう。東京で君は真剣な仕事を首をかけて成しとげてきた筈だ。俺は、その君に期待をかけて是非といってこの署に来て貰ったのだが、この署のペースに巻きこまれてしまったようだ。出過ぎた釘は打たれるという。しかし、その打たれた釘がまた、頭を持ち上げるのをみているものもいるということを忘れないほうがいいよ」

署長は、自分の言葉に頷いていているようだった。

巧二は、遠回しにいわれた意味がすぐにはのみこめなかった。それをはっきりさせるためにも、課長と三木係長の腹のうちを探るためにも聞くことがあった。

「課長さんがお耳に入れたのですか」

「別に」

署長は、露骨に機嫌の悪い表情になった。

「お願いしたことがあるのです」

「……」

「東京へ戻りたい気持を」

「君のかい？」

署長はけげんな顔で聞き返した。

「そうです」

「儂は知らん。半年では課長とどんな関係があるか知らないが、東京へ……とは口には出せまい」

署長は、独りごとのように呟くと、巧二が前にいることも忘れたように眉間に深い皺を寄せて考えこんだ。

——俺は、見事に課長と三木係長に計られてしまったのだ。と、考えまいとすれば、余計に巧二の体の中に激流のような烈しい憤怒が逆巻くのだった。

「署長さん、あなたの名前も課長さんに利用されていますよ」

と、言ってしまいたい衝動も湧いた。しかし、誰も信じられなくなってしまった巧二は、署長も腹の底は判ったものでない、と決める。腹黒さでは、その上かも知れぬ。六合交通の招待に出なかっただけの理由で、この一連の収賄の仲間でない、と推し計るのは危険なことだ。巧二は、老人のように、けだるそうに部屋を出ていこうとした。

「あ、それから」

と、署長は巧二を呼びとめる。

「自分で処置出来ないことは、夜でもいい、相談にきなさい」

その言葉は、巧二の脇腹にぐさっと突刺った。

「判りました」

巧二は、その返事とは反対にいよいよ判らなくなっていった。

署長室を出た巧二は、課長の姿を探した。

課長は、どうやら欠勤したらしい。

こんな日に仕事に手のつく筈はないし、巧二は、意味もなく算盤を弾いて働いているように見せ掛ける努力もつまらない骨折りだ。

「もう課長の立場など考えてやる必要なんかありゃしない」

と、巧二は一分も早く猪又の言質をとっておきたかった。

その前に、

「係長」

と、呼びながら三木に近付いた巧二が、一枚の紙片を出し、

「私に金を渡さなかったというサインを下さい」

と、いった。

三木は本当に知らないようだった。むしろその金が欲しいという顔が証拠になっていた。

「気分が悪いので早退します」

巧二は、誰にも気兼ねをしない図太い態度を、無理に続けながら三木に向かっていった。

返事など待っていない彼は、踵を返すと虚勢を張る恰好で署を出た。

六合交通の猪又に逢う必要があった。

巧二は、やがて重心を失った積木のように揺れだし、いまにも崩れそうな自信をかろうじて支えながら、濠端に沿っていく。

——俺は東京へ戻れるんだ。そして首を賭けるほどの調査の相手を探してやるぞ。内証で、俺だけの秘かな金儲けをしながらな。

巧二は、諄々と他人に注意する感覚で自分に言い、自信を固めなおしているうちに六合交通の前に来た。猪又は仕事に追われている男だった。

社員の一人が残念そうに不在を告げた。

巧二は、明日と言いかけて日曜日だと気付き、笑って訂正し明後日、出直してくる旨の伝言を頼んで、六合交通を後にした。

一旦、部屋に戻り、美咲への手紙を出してから憂さ晴らしに出掛けようと決めた巧二は、急いで帰る、と部屋に、手持無沙汰に小説を読んでいる美咲が待っていた。

「お帰りなさい」

美咲は、畳の縁に三つ指を突いていた。

「懐古調かい」

巧二はおどけて美咲の気分をほぐそうとした。

「突然変異ですの」

「遺伝に関係があるだろうか」

と美咲にきく、と思い出したように巧二は机の引出から、二十万円の札束を出して、一昨日付の新聞にくるんだ。

「それを診断に伺ったのですわ、博士。念を入れてしらべて頂けない」

美咲は、小説を閉じていった。

「今日は、東京へ行く用があるんだ。だからこの次の機会に、ゆっくり拝見しましょう」

巧二は、少し慌て気味に腰を上げる。コンパクトを拡げていた美咲が、バッグに入れたのを盗み見てから、

「いこう」

と、急きたてる。

考えてみれば、美咲は巧二のこれからの行動を証明出来る。重要証人なのだから大事にしてやらなければならない。

「私を追い返す心づもり？」

美咲は、いきなり鼻声をつくる。

「違う」

「……」

「これから俺のやることを説明しよう。それを、何か事件が起きたとき証言をして貰いたいから付いてきてくれ」

巧二は、苛立ってきた。これを虫が知らせるとでもいうのだろうか。とにかく落ち着かない気持がしきりに騒いでいるようだった。

「これから？」

美咲は、他人の秘密を覗くようにきいた。

「昨日部屋で二日酔いから醒めてみると、ポケットに二十万円が入っていたんだ。細かい説明はよそう。酔っても俺は決して人のものには手を出さない。それは絶対だ。すると、拾ったものに違いないだろう？　君そう思わないか。だから、警察に届けにいくのさ」

巧二はバスの停留所で指名手配されているほど苛立っていた。

「現金だから判らないわよ」

美咲は、巧二の小耳にそっといった。

「無くした人の身にならなくては」

と、わざとらしい真顔の巧二が、そういう言葉の裏には、何か巧二らしい計画があるに違いない。美咲は感付いているらしかった。しかし、美咲は巧二の言葉を、素直に受取ろうとしていた。

巧二は、バスを一台やり過した。

「どうしたの？　のらないの、不思議なひと」

美咲はあきれたように聞く。

「やはり迷うよ。二十万円ともなれば欲しいのが人情だろう」

巧二はいった。

美咲は黙って横顔に視線をとめている。

巧二は、タクシーを停めた。

「駅へ」

と、いった。

これも計算に入っている芝居だった。

第十三章　老人

日曜日。晴。

日記をつけることにして三日。これが長続きするとは思えない。金儲けもないから、数字の加減記入も、しばらくご無沙汰である。

朝食の時、箸が折れて、一日中不愉快な時間の連続、とぐらいのことしか書くことがない。

さて、――今日はまだ書くことがある。美咲の突然変異は二日で終ったということだ。

俺は、なにも美咲に逆らいやしない。

「どうして黙っているの」

「早く帰ればいいと思っているんでしょう。はっきり言ったらどうなの」

それから、急に早口になった。私の記憶から消えてしまったほどのくだらない言葉の羅列。

こうなったら俺に出来ることといえば黙っているだけだ。

「帰ってあげる、お望みのようだから」

美咲は、バッグを持つなり、部屋から飛び出して帰ってしまった。美咲は勝気な女だ、俺が呼び戻すために追いかけていかなければ戻ってはこまい。よしんば、彼女に追付いたところで、一悶着はまぬがれまい。俺は、そんな煩わしいことはごめんだ。

俺は、ごろりと寝転んだ、と背中にくいこんだものがある。女持ちの時計だった。

美咲が、ふっと可愛くなった。

夢中になった彼女がふと忘れていったものか。すべて計算上で置いていったものか。どちらともいえない。しかし、俺は、しばらくの間、その時計の小さい文字盤にみとれていた。

後。九時。記。

翌日。

巧二は、仕事の合間をみて六合交通へいった。

社員は、巧二に猪又の不在を告げる。

「社長には、お言付けしていたのですが」

と、巧二の言葉にその社員は手を揉みながら言った。

猪又は避けているのかも知れない。と巧二は思った。三木か、課長と電話で連絡済みなのだろう。

署に帰った巧二は、課長のところへ行く。

「話は、三木君から聞いて知っているよ。君、とぼけるのもいい加減にしたまえ！」

課長に頭から威圧されたとき、持前の反逆が目を覚ました。

「では課長にお返しすればよいのですね」

と、巧二は探るように言いかける。課長は、いきなり、慌ててしまったようだ。

「何をだい、そんな金は知らんよ」

失言を翻えすように、きっぱりといった。

巧二は、切口上の口調を変えなかった。転勤の餌で釣り、金でケリをつける腹の中を読んでしまった巧二は、課長に対しへりくだる必要などなかったのだ。

「最初から、そうおっしゃって下されば、これほど話がもつれはしないのです」

巧二は課長に食い下っていく。

「どうすれば気が済むのか。一体！」

「ここにサインを願います」

「それから」

「猪又さんに会うつもりです」

「彼が、君に逢わなければ」

「毎日、毎日通います。執拗に」

「それもよかろう」

「酔いつぶれたのが、こじれる原因です。とにかく憶えがないのですから」

「猪又社長が知らんといったら」

「それまでです」

「渡したといったら、どうするね」

「当然でしょう。お返しするまでです」

「そして……」

と、課長は巧二を覗きこんだ。

「私は、課長、係長を信じて是認決議を起こしたのですが……再調査するのが当然とお考えになりませんか」

「……」

「そうでしょう」

「やはり君は変っとるよ」

「変りもの。これがニックネームでした」

「そうだろう。三人の知らない金、これはどうなるだろうか。え、君」

「拾ったものとしか考えられません。東京の交番へでも届けましょう」

巧二は、美咲を連れ、一昨日尾張町の交番へ届けてしまっていた。

「一年たったら君のものというわけかい。ハハハッハハ」

課長は机を叩きながら笑った。と、簡単にサインをして巧二に覚書を返した。

また。

帰路の途中。回り道を承知で六合交通へ寄った。やはり、猪又は逢ってくれなかった。

——何度でも来るぞ。

と、いう意味をこめて社長室を睨んだ。巧二が思わず噛んだ下唇から血が滲んでいた。口惜しさを耐え、引き返すことは何でもない。

ただ、もう用はない筈だという彼等の応待には、無性に腹立しさを憶えるだけだ。

そんなふうにして毎日、六合交通へ顔を出すようになって五日。

巧二は、流石に別の方法を取らなければならなかった。方法、それは内容証明郵便物という形で通知状を出すことである。

そして三日。

一週間が経った。

返事はこなかった。

巧二は、小学生が修学旅行の日を待つように返事のくるのを待っているだけの毎日だった。

そんなある日。

巧二は帰りを急いだ。——東京へ早く戻りたいなあ。と、とり憑かれたように呟きながら、早足になる。彼に急ぐ理由はない、五時の終業ブザーが鳴った。

仕事は終ったから帰るというだけである。

濠端に、老人紳士が杖を頼りに天守閣を仰いでいた。桜が咲かなくとも観光客はくる。その一人ぐらいだろうと、いった軽い気持で通り過ぎたときである。

「藤崎巧二君」

その老人の声がした。そして、老人は振り向き、巧二のところへ近付いた。

「どなたですか」

巧二の記憶にない老人なのだ。

「お忘れでしょうか。それとも、馬子にも衣装とか。後で、ゆっくりと説明するとして、どうぞお乗り下さい。ご案内するところがあります」

老人は、ベンツのドアを開けて立ち、巧二にも乗るよう鋭い眼で誘った。

「ご恩返しをするのです。それに今後のこともお願いしたいし」

その声で巧二は、急に思い出した。しかし、あの下品な老人が衣服を変えたところで、……と、思い直した。

「そうです。巧二君と儂は親子の関係だものね、悪いようには致しませんよ」

老人とも思えない力で、巧二の手を引張って、彼を自動車に乗せた。

自動車は、ゆっくり四十分も走ったろうか。多田と書かれた新しい表札のついている門を無造作に入った。

東京でしばらく巧二の足取りをつけては、驚かすように出没していた老人が果たしてこの男だったのだろうか。

巧二は、まだ信じられなかった。

「多田です」

老人は、微かに笑って名刺を出した。

巧二は、その上に視線を走らせた瞬間、ぎくりとなった。

京研産業株式会社
　会長　多田　文三

「あなたには、すっかりお世話になったことになります。ま、怒らないで儂の話を最後まで聞いて下さい。どこから話してよいものか、迷ってしまうほどあなたと儂の関係は複雑に入り乱れてしまっていますのでね。そうです、かいつまんで話すはじめに佐喜多商工の話からすることにしよう」

老人は、両掌の指先を合わせ山形をつくりながら、話を続けようとした。

「結構です。もうたくさんだ」

巧二は手を振っていった。

「この上等なウイスキーでも嘗めながら、聞いて下さい」

老人は、押しつけるように言った。

巧二は、暖房の行き届いた室の下に札束が敷きつめられた感覚に神経を苛立たせる。窓に丹沢の尾根が澄んだ空に浮かぶように棚引いていた。霞のような感覚だった。

「佐喜多商工を浮かべ直して下さい。思い当るはずですが、そうです佐伯と多田が喜び合って結ばれるという意味でつけた会社名なのです。佐伯は儂を裏切った。復員した儂の権利は無いと主張した。巧二君が手掛けたあの会社は第二会社なのだ。儂は復讐を誓った。おかげで見事に成功というわけですな。美咲を自分の娘だと、佐伯は心の中で信じている。しかも儂も、そう思っていた。ところが母親の若い頃の写真を偶然の機会に見て驚いた。あれは、ばばそっくりなのだ。儂の娘だったのだ。儂は、リキを許してやろうと思う。君はどう思うね。もう一つ、京研産業は、儂の会社だった。しかし佐喜多を潰すまでは、あの薄きたない老人のままで行動することにし、山岡に信頼をかけていた。その彼の裏切りを教えてくれたのも、巧二君、あなたなのです。ありがとう。儂は、巧二君に恩返しをしなければならない。が、君は儂の妻をどうしたね」

多田は、追及するようにいった。

「頂戴しました」

巧二は臆面もなくいった。

「娘をどうする心算か聞かせてくれないか」

多田は、立上がりながら聞き、窓を背に佇んだ。

「美咲のことですか。美咲の好きなようにする以外はどうすることもできませんが」

巧二は、そっけなくいう。

「愛しているの」

「判らないんだ。自分が自分で判らないんだ、もう勘弁してくれ。俺が目障りなら、追いかけないでそっとして貰いたいなあ。美咲にしても、俺と同じように我儘な娘だ。言い分はないはずだ」

巧二は、いきなり怒鳴り散らした。

「……」

「……」

二人は、黙りこんでしまった。

やがて、巧二はウイスキーを灰皿にこぼし、

「これで失礼しますよ」

と、吐き捨てるように言って立った。

「どこへ行くのですか」

多田は聞いた。

「家に帰るんですよ」

巧二はむっとして言った。

「あなたの帰る家は、ここ以外にはないのだ。案内しよう」

多田は、先に立ってドアの把手を回した。

「ほう老人。あなたは、人を催眠術でもかけるつもりでいるようだが、今日は無駄だ。率直に目的だけ言ったらどうです」

巧二は、四百万という金が山内に掠めとられ、再出発をしようと東京へカンバックの機会をねらっていた矢先だけに、財産を目先にちらつかせられるのは、つらいことだった。

二十万円の金も、無い知恵を絞り収賄という犯罪意識の無かったという立証の準備をしている時、この老人の財産をくれるという素振りには迷ってしまいそうだ。

「巧二君。君は私の息子だ、そうでしょう。あなたは、儂が、乱暴な言葉を使い、襤褸《ぼろ》をまとい君の前に塞がり、卑屈な笑いを残して別れたことが、記憶し過ぎているようだ。あれは芝居だ」

老人は哀願するようにいった。

「そうだ。おっしゃるとおり芝居だったでしょう。しかし、どんな名優にもできない演技以上のものだ」

巧二は、自分が金を欲しがるのは、金そのものではなくて、金を集めることは、そしてその手段に法律の網をくぐり、他人の虚を衝きながら自分の満足感を味わうことだと知った。

「美咲を幸福にしたい。その面で君と美咲を結びつけるのは美咲のためにはならない。はっきり言い過ぎて失礼かもしれない。が、許して貰いたい。君も美咲の気持を読んでいるだろうが、美咲は君に夢中で、外に何も見えないようだ。妻を取られたことも許しているのだ」

老人は、巧二の前でマンボのステップを踏んだ。そしてよろめいた。

「うっ」

と、微かに唇を慄わし胃を押える。

「ああ、目がまわる、支えてくれ」

と、体をくの字に折った老人は救いを求める眼で巧二をみた。

巧二は、床に崩れた老人を抱え、ソファーに寝かせ、テーブルにあるインターホンのつまみを下げて、老人が倒れたことを知らせた。

「あなた」

「お父さん」

リキと美咲が部屋に飛込んでくるなり多田の両脇に膝を折った、二人は、それぞれの老人の掌を拝むように握った。

「死期だ」

と、老人は目を瞑った。

「違う！　医者を呼べ！　早く医者を……」

巧二は、電話帳をめくる。

電話を五カ所にかけた。

五人の医者に至急くるように慌てた声で言った。

受話器を放すと、巧二だけは再び冷静な雰囲気を保っていく。

五人の医者にトライしたうち三人が駆けつけた。

そして、その一人は、馬鹿にするなと怒鳴って帰っていった。

残った二人の医者に巧二は、

「医者も人間だ誤診もあるだろう。そのために呼んだのだ。それは……理由は後だ、早く診察してくれ」

と、睨むような眼でいった。

一人が診察している間に、一人は注射器を出して用意していた。

少し遅れて、入ってきた男は巧二の意見にうなずきながら、二人の医者の背後に立って多田の顔を瞬きもしないでみている。

二人は、注射の範囲で全部応急手当したあとで、ほっとした表情で患者のそばを離れた。

「出血は？」

と、遅れてきた医者が巧二にきいた。

「なかったようです。急に……」

巧二の自信のない返事を半分ほど聞いてから、二人の同業者に向かって、

「どうでしょう」

と、今までの診断の所見をきいた。

「……」

「僕は、胃潰瘍のように思えるのだが、しかも、急性腹膜炎を起しているらしいとみたのですが……」

と、言った。

「とにかく、安静にすることだ」

巧二は、リキと耳打ちして、三人の持っている金を全部はたいた。三万七千円あった。それを一万づつ紙につつんだ。すき透るパラピンを選んだところがいかにも巧二らしかった。

「どうしましょう?」

巧二は、三人の口もとを見ながらきく。

「ここ三日、自宅静養してからのことです。入院して検査する必要がありますね」

「手術するにしても、心臓が弱り過ぎているしね」

老人は、昏睡状態を続けていた。

巧二は、三人の医者を別室に呼び、食事をすすめた。

「ところで、その三日の安静中のことですが、お一人ずつ交替で病人を看ていただきたいのですが……

……」

と、丁寧な言葉の裏に命令するような響きを含ませていった。

三人は、同時に顔を見合わせた。巧二は、席を外し、老人のいる部屋に戻り、美咲を呼んだ。

ドアを閉めると、巧二は美咲を連れ外に出た。

「二人だけにしてあげよう」

巧二は、美咲の手をとって子供同志のようにつなぐといきなり、彼女を掠奪するように乱暴に振舞いながら引張っていく。

三日たった。

鼻孔から咽喉を通り胃を抜ける管で流動食を摂った後で、三人に折り入っての相談があるといって、巧二、リキ、美咲を寝台の脇に呼んだ。

「巧二君、最後のたのみは聞いてくれるものだ」

と、多田が苦しそうに顔をしかめ、指先を痙攣させていった。

「お父さん、私は、無理にこの人と一緒になりたくはありません」

美咲はいった。

「何を言うの、お父様を安心させておやりよ」

「今まで、私達を放りっぱなしにしておいて、体が弱くなったからとって、……なにさ！」

と、リキと美咲が言い合った。

「ま、待ちなさい」

と巧二は言った。

「お金が欲しくなったのでしょう」

美咲が、食ってかかるように顎を突上げていう。

その時。

救急車を玄関に待たせて、医者が入って来た。

「病人を興奮させては困りますね」

と、いった医者が、聴診器を耳に当てる。

巧二は、リキと美咲の体を押し出すようにして次の間に誘い、そこに待たせて、老人の枕もとに戻った。

「安心して下さい。私が引受けましたよ。あなたの可愛いい娘さんのためにね。手術が終れば、元気になりますよ。その時までには、仲のいい夫婦になってますからね」

巧二、言っている自分でも煩わしいほど、ゆっくり囁いた。

「うん……うん……」

多田は、満足そうに頷き、巧二の手を握りながら、担架に移った。

巧二は、付添いながら救急車に乗った。

五時間の間、巧二は、目のまわるように動いた。用は、それほどなかったのだが、しきりに苛立つ神経を抑えるには体を動かしていることが必要だった。

多田の家に戻ったのは夜の十一時過ぎだった。

そのまま、自分の部屋に帰ってしまおうとも思った。が、しかし、美咲とリキに一言だけでもいっておかないと腹の虫がおさまりそうにないのだ。

玄関にタクシーを待っている二人が立っていた。病院へでも出掛けようというのだろう。冷えていく外気に慄えながら手持無沙汰をかこっている。

巧二は、自動車から降りると美咲の前に三歩ばかり歩み寄った。

「さっきは、俺に恥をかかせたな。俺はな、頭の中心にある脳を絞って出る血によって儲ける金より外に魅力なんてないんだ。よく憶えておけ！」

いきなり美咲の頬をなぐりつけた。

その音は、静かな庭に、遠くまで突きとおるように響いた。

「痛い。よくも打ったわね」

美咲は頬を押えて飛びかかってこようという身構えをみせた。

「さようなら」

巧二は、自動車に乗って、

「早くいけ」

と運転手の背を突いた。

久しぶりに自分の部屋に戻った巧二は、塵一つなく整頓されている様子に驚いた。

「毎日、ごくろうさんですね。女のかたが見えて掃除してお帰りになるのですよ」

階段の下で、下宿の老婆が、若い声で巧二に話しかけてきた。

何かを期待しているのかもしれない。

甲斐甲斐しく部屋を掃除、整理する美咲のその女らしさに功二の思考能力はいきなり狂い始めていた。

種々雑多の思惑と思い入れが重なり、美咲への情念が痺れるように交錯し、千路《ちじ》に乱れて脳裏を攪乱していた。

可愛い顔を無造作に突き出して甘える時に決まって小鼻を震わせる美咲が迫ってくる挙措が脳裏を掠めていた。

明日は優しくあの柔肌を抱きしめてみようと思った。

そんな状況に喘いでいる巧二を訪ねて二人の刑事が現れた。 彼らは巧二に任意と言いながらの同行を強制した。

あまりにも突然の事だった。

警察署に着いて容疑者ではなく犯罪者という扱いで取り調べが始まって、警察官の杜撰な告訴への対応と対処に驚きながら、これもひとつの人生経験だと割り切って対応することにした。

つまりは収賄容疑だった。

「私は税金の課税決裁の仕事は担当していませんよ」

巧二はきっぱりと言った。

「調査をしたのだろう」

「実務経験と納税者の対応意識の把握のためです」

「調査の演習なのか」

担当刑事が身を乗り出して聞いてきた。

「決議書は通されています。納税はして頂きますよ」

「金を受け取っているだろう」

「いいえ」

巧二は、この後の応接は黙秘を続けることにした。

留置所で不思議に意識が澄み切ってきた。拘留尋問の時には検事に判断を任せてみよう。

巧二の立場は収賄が出来る状況ではない事をはっきりさせようと思考して、少し落ち着き寝ることにした。

巧二は一級、二級、三級の採用試験の内、二級に合格し大臣官房に配属され、即日、税務署に出向と決まった。

保証人の長官が国税局長に向かって、

「半年を限度として、各課を移り賦課の実情を把握する事。仕事を習い覚え記憶する事を任務とする。それを全うできるように藤崎を指導すること。以上を署長に指示してください」

長官の指示だった。

それから、捻じ込むように渡された封筒に入った金については、いったん捨てたが思い直して、即刻拾いなおし、拾得物として駅前交番に届けている事実も検察尋問の時まで黙秘する事に決めた。

ともあれ、この事件の仕事の決議書のすべては、経過メモをつけて、いつも計算を暗算を手伝ってくれている小村（珠算一級）君に引き継いでいる。

ふと、刑法の講義に夢中になった瞬間を思い出した。

法律の錯誤についての事だった。

この講義は人気があって学生たちの顔、顔、顔があふれ、立錐の余地もない教室には入れなかった。

すぐさま、書店があふれている街、古書、医学書、文学書、フランス語、ロシア語、経済書、そして法律書の店が並んでいる神保町へ行った。

角店の書棚にあった八村教授『法律の錯誤論』を購入した。

家に帰って、夢中になって読みふけった事をいつも思い出すのだが、瞬間のことだから別段の意味があるわけではない。思考と思考の接続詞なのだから。


検事は、慌てて駅前交番の記録を確認した。巧二の答申は間違いなく立証された。収賄、詐欺、あらゆる刑法の条文に照らしてその立件を正当とする余地はなかった。

検事は、厳しい表情をかみ締めて異例の中座をして上司の席へ走った。


程なくして席に戻った検事は、深々と頭を下げた。

「申し訳ありませんでした」

不起訴。即時釈放の裁定だった。

巧二は、一身上の都合で一週間の休暇願いを郵送した。下宿に戻って、気を抜いた瞬間いきなりこの数日の張り詰めていた空気が耳の奥で異様な音を立て爆発した。

床を敷くのが精一杯だった。崩れるように潜り込んだ。丸一日寝て、夢うつつの巧二は、覆いかぶさるように覗き込んでいる美咲の顔を見た。

「何故、なぜ私を殴ったの、許せない」

美咲は執拗になじり続けた。巧二は起き上がろうとした。しかし、金縛りにあっていた。

「私の言うとおりにしてみれば動けるのよ」

「わかった。そうするよ」

「いいわね」

「くどいよ」

「真鶴《まなづる》へ行きましょう。太平洋の向こうを眺めて巧二さんの英気を鋭気に変えて隣の温泉で身体と気持ちの疲れを癒しましょう」

「……」

「うん、と言わないと動けないわよ」

美咲は本当にうれしそうに笑った。窓側に座った車窓に映る美咲の先、大洋をきるように、巧二は視線を投げ続けていた。

国府津、小田原、早川、水平線の曲線が巧二に何かを暗示している様に思えてならないのだが、何も閃いてこないのだ。

駅を降りて急な坂道を下り林を潜ると海岸に出た。二人は寄り添いながら歩いた。時間の経過を忘れて歩いた。二人はそれぞれ別の思惑を抱きながら、波音を背景にして歩き続けた。

「結婚してくれるの」

美咲はいきなり投げるように言った。

「急にどうしたの」

巧二が戸惑った口調で慌てて反応した。そのとき、美咲は、死のうと思った。この男と一緒に死のうと咄嗟に決めた。

「熱海の大樹屋のお風呂でゆっくりしましょう。まだ早いからすばらしい絶景から大島を眺めましょう」

美咲は静かに巧二の手を握ってことさらゆっくり歩いた。

絶景の絶壁の上に着いた。自殺の名所だった。

〝あなたのこれからの素晴らしい人生を大切に守りましょう〟という注意書きが目立っていた。

その瞬間だった。

巧二はぞっとした恐怖に襲われ思わず後ずさりをしたのだった。

美咲はそっと巧二の背後に回りその背中を押そうとしていた。

怖いもの見たさに巧二がふと崖下を覗き込んだので、勢い余った美咲は空を切って落ちていった。

しかし、一緒に死のうと思った美咲のその執念は凄まじい激しさだった。巧二の袖口をしっかり掴んでいた。巧二は身体が吸い込まれていくのを感じた。死の恐怖が迫ってくる。

恐ろしいと思った瞬間だった。眼が覚めた。夢だった。

「どうしたの、ひどく魘《うな》されていたわよ」

美咲が笑ってその理由を聞いた。

休暇の七日が過ぎたその日から、巧二には窓際に置かれた机で、仕事のない憂鬱な毎日を送るという退屈、退屈、退屈の連続の毎日が待っていた。

日を追うにつれ、厚遇されている巧二の立場を知った周りの視線が冷たくなっていくのを巧二は感じていった。税務大学出身の三沢主任も目を逸らすのだった。あと一年で約束の本省復帰の日が来る。そのあと一年が耐えられるだろうか。

窓から忍び込んでくる明るい日差しも巧二には暗く感じていた。

一年先に明るい未来が待っている窓際に座っている巧二と、定年を迎える頃にやっと総務課長か署長になれるかも、という格差を知った周囲の嫉妬の網に囲まれている苦痛。その雰囲気に耐える事こそが、巧二には計り知れない苦痛という労働だった。

新聞を広げた巧二は、社説、政治、経済、国際情勢、株価の動き、文芸、評論、スポーツ、死亡記事にいたるまで隅々まで目を通した。

そんな繰り返しのある日、近藤典三と名乗った法人二係の男が「相談に乗ってくれ」といって昼食を誘ってきた。

梅村という店で、とんかつ定食を食べながら典三君の話を聞いた。法政の夜間部の学生で、上級の試験を受けなおして、その目標は国税局の局次課長に成りたい。簡単な自己紹介をしたところで、彼は恥じ入るように相談とは好意を寄せている女性に送る手紙を書いてほしい、という事だった。手持ち無沙汰のおりだからちょうどいいと巧二は思った。

翌日。机に向かった巧二は、その相手として梅村の女子店員の初々しい顔を思い浮かべてペンを走らせた。

近藤典三に手紙の下書きを渡した時に馬鹿な事をしたものだという反省の渦に巻き込まれてしまった。精神的に安定を失っていた心の隙間に飛び込んできた近藤典三の笑顔が巧二には救いの神に見えたのだった。あれは悪魔の笑顔だったのだろう。巧二は、課員五人が梅村の席で代筆の手紙を広げて車座になって酒の肴して、笑い転げているに間違いないと想像した。

巧二の周囲が「四面楚歌」のありさまなのだ。巧二を犯罪人にしようとした刑事。納税者。近藤典三の裏で蠢く悪魔たちがいる。巧二に対する行為の全てに悪意が滲んでいる。美咲も自分を殺そうと思っていると考えるとたまらなくなっていた。これからの人生設計が浮かんでこないのだった。とても一年の我慢などできはしない。

巧二の壊れかかった精神状態では何も考えない事が全ての解決に通じる道程だ。

虚ろな目で外へ出た。どこへ行くとも決めず歩き始めた。歩道、車道の境のない道路を歩く巧二の背後から掠めるように黒塗りの自家用車が追い越していった。

無責任と一人よがりが混在している社会に生きていけない。そんな独りよがりの感覚に痺れながらリキも美咲も過去の一頁の夢として消えていくだろうと思いながら、巧二はあてもなく歩き続けていった。

目の前に美咲が、浮かんでは消えていた。

著者略歴
五郡徹（ごぐんとおる）1928年２月生まれ。中央大学法科中退。
特攻隊に所属（海軍１等飛行兵曹）し、訓練中の事故で生死の境をさまよう。
植木 庚子郎専売局長官（衆議院議員、法務大臣・大蔵大臣）の指示により、公務員採用試験を受験、大臣官房に配属され大蔵事務官の辞令を受ける。

作家暦
1959年　『栄光への豪打』を発表、作家生活に入る。同年『真夜中の聖女』『恋の勝負師』を発表。
1960年　『５分36秒の対決』『つうだん・ふるぺーす』『嵐を呼ぶ白球』ほか６点。
1961年　書き下ろし『逆らう奴』を峯川詠で発行。『青春は友情の庭に咲く』を12回にわたり連載。
2013年　『青春は友情の庭に咲く』（学研）を50年ぶりに五郡徹として復刊。

経営
1966年オー・ディー・エス㈱（ＯＡ機器の販売サービス）を設立。
多くの上場企業を得意先に持ち、年商８億円企業に育て上げる。

大蔵事務官　藤崎巧二

2014年10月20日　第１刷発行

著者
五郡　徹

発行所
株式会社 創英社／三省堂書店
〒101-0051　東京都千代田区神田神保町1-1
Tel：03-3291-2295　Fax：03-3292-7687

印刷／製本
三省堂印刷

ISBN978-4-88142-872-6 C0093
定価はカバーに表示してあります。
落丁・乱丁本はお取り替え致します。